「ライフで受けてライフで殴る」これぞ私の必勝法

"Life de ukete Life de naguru" korezo watashi no hisshouhou.

こまるん

illustrator 福きつね

JN075962

TOブックス

Life de ukete
e de naguru”
o watashi no
hisshouhou.

イラスト：福きつね
デザイン：木村デザインラボ

第一章　初めての配信

「それじゃー、次にみんな集まるのは夏休み明けになるが……。怪我やら病気やらには、充分に気をつけるんだぞ。はい、号令」

起立、礼。力強い号令でもって、一学期最後の日が終わった。

これから迎えるのは、長い夏休み。

部活に所属しておらず、特にこれといった習い事のない私。

今年の休暇も読書に費やす……はずだったんだけど。

「ユキー！　いよいよ今日からだかんね！」

終業と同時にそう言って駆けて来たのは、親友の奏。

生粋のゲーマーってやつで、やたらとゲームに詳しい。

「うん、わかってる。十三時からだっけ？」

「そう！　まぁ、十三時からキャラメイクが解禁されて、サーバーの開放自体は十五時やけどね」

「二時間って。そんなに早くからどうするんだろ」

「初期に選択できるスキルだけでも相当な数があるから。ステータスと合わせて、じっくり悩んでくれってことやないかな」

「ふーん……そういうものなんだ」

「昨日も言ったけど、私を待つ必要なんてないからね。むしろ先始めて！　そしてどんなもんだったか教えるんよ！」

「わかった、わかったから」

奏は、用事があるので夜までログインすることができない。だから、私も夜まで待とうかとも思ったのだけど……何故かそれは嫌らしい。

まあ、待ちぼうけよりは良いか。私はゲーム慣れしてない分、少しでも慣れる時間があって損は無いと思うしね。

「そうや。配信の件、結局どうするん？　準備だけは終わっとるんやろ？」

「あーうん。一応」

奏が言っているのは、プレイ中の配信をどうするのかということ。このご時世、簡単にゲームを配信できる訳だけど、これから私達がやることになるそのゲームも、例に洩れず配信は自由らしい。

むしろ、いろいろと機能も充実していて推奨されているんだったかな？

「どうせ私の方では配信することになるんやし、ユキもやってみれば？」

「うーん……そう、だね。試しに待ってる間やってみようかな」

「ええやん。私の方でも軽く宣伝しとくわ。どれくらい効果あるか知らんけど。大丈夫、ユキならすぐに人気出るって！」

「ありがと。んーまぁ、私はのんびり楽しめれば良いよ」

遅くなってしまったけど、先程からそもそもなんの話をしているかについて触れよう。

世界的有名企業である、株式会社トライアングル。そこが手がける新作ゲーム、『Infinite Creation』通称『インクリ』のことだ。

もはや一大ゲームジャンルとして確立した、VRMMO。今作品にも当然それが採用されていて、実際に自分がゲームの世界にいるような感覚で遊ぶことが出来る。

一年も前から大々的に広告され続けているこのゲーム。その宣伝文句に違わず、凄まじいクオリティーを誇るらしい。

先立って行われたβテストでの反響も後押しし、予約も膨大な母数からの抽選になってしまったほどだ。

そんな凄いもの、本来私はやるような性格じゃないんだけど……いつになく奏が推してくるから、断りきれなかった。

仕方ない。『どうしてもユキとこれをやりたいんよ！』と拝みまでされたら、悪い気はしない。

私が断ったとしても、かなりの人気配信者でもある奏は格好の題材としてインクリをやるんだろうけどね。折角誘ってくれたし、奇跡的にゲーム自体手に入ってしまったんだ。やるしかないだろう。

一応、合わなかったらすぐにやめて良いとは言ってくれているけど、出来れば長く一緒に遊べたらなって思う。

そのためにも、私なりに色々とリサーチはしてみているけれど……どうなるかな。

話しているうちに家に着いたので、奏と別れる。

ただいま、と声をかけてから家に入り、荷物を置いた。

同居している家族には両親がいるけど、二人とも仕事で海外出張中。

兄もいるんだけど、もう一人暮らしを始めているんだよね。

取り敢えずご飯を用意して食べ、時計を見る。

ちょうど一時か。都合が良いね。

ひとまずログインして、キャラメイクとやらをやってみることにしよう。

自分の部屋のベッドに横たわり、専用のヘッドセットを装着。

ちゃんとトイレは済ませたし、戸締まりもした。万が一の時には警報がなるようにもなっているので、抜かりはない。

なんだかんだで未知の世界にワクワクとするのを感じながら、装置を起動。

すっと意識が抜けていくような感覚がし――

私は、バーチャルリアリティの世界に身を投じた。

◇◇◇◇◇◇◇◇

「『Infinite Creation』の世界へようこそ」

気が付くと、真っ白な空間に立っていた。

目の前に大きなパネルが浮かんでいる以外は、本当に何も無い。

まあ、キャラメイク用の空間に華やかさなんて必要ないもんね。

初めに、プレイヤーネームを入力する。

安直かもしれないが、本名の深雪から取って『ユキ』にした。いつも奏から呼ばれていて、馴染みが深いってのもある。

次は、容姿の設定。

一応、体格とかも変えられないことは無いのだが、現実と差を作りすぎると色々な方面で支障が出かねないので推奨はしない……とのこと。

顔の作りに関しても、結構いじることができる。漫画に出てくるような、いわゆる美男美女を作ることもお茶の子さいさいだ。

けど、私は外見とかにあんまりこだわりはないんだよね。現実とほとんど変わらないものでいいかな。

それだけだと流石に味気ないから、そこから髪の毛を金色に、瞳を青色に変えておく。

『次はステータスの設定へ移ります。画面をタップしてください』

プロフィールの設定が完了したところで、いよいよお待ちかね、能力値の設定。

パネルをタッチすると、ステータスが表示された。

名前：ユキ

職業：冒険者
レベル：1
HP：410
MP：120
VIT：25
STR：15
DEF：12
INT：12
DEX：12
AGI：12
MND：12
所持技能：無
称号：無

ふむ。事前のリサーチで知ってはいるけど、再確認しておこうか。

この時点で、すでにステータスは割り振られている状態。これを、自身の好みにあわせて振り直すことが出来る。

初期値のバランスは良いので、基本的にはこれを弄らずに始めるのが無難だとか。

0でも一般的な人間くらいはあるらしい。だから極論使うつもりのない能力値は0でも、その結果として行動不能になるまではいかないらしい。

けど、色々なステータスが様々な場面で使われるこのゲームにおいて、それをするとかなり不利になってしまうことが増えるんだって。例えば、素の移動速度とか、アイテムとか装備品の重量制限とか。

まぁ、その分、他より秀でることが出来る部分が生まれるわけだけども。

それに、いくら移動速度や持てる量が変わると言っても、よっぽど数値に開きが無い限りはそこまで明確な変化はでないだろう。たぶん。

逆に100も200も速度に差が付いたら、走っても早歩きに勝てないとか普通にあるんだろうな。

レベルが一つ上がる毎に貰えるポイントは、5だ。

後述する上位職業や特殊職業では、もらえるポイントが変わってくると言われているらしいけどね。

職業に関しては、みんな初期では同じ。冒険者ギルドというところに行けば、戦士や魔法使いといった、いわゆる一次職と呼ばれるものに就くことが出来る。

そして一定以上までレベルを上げれば、いわゆる二次職、上級職といったものになれるのだとか。

また、なにか特別な条件を満たせば、特殊な職業になることもあるらしい。まぁ、私には関係ないことだろう。
因みに、各能力値には計算式が割り振られていて、以下の通り。
物理攻撃力＝ＳＴＲ×３＋補正値
物理防御力＝ＤＥＦ×５＋ＳＴＲ＋補正値
魔法攻撃力＝ＩＮＴ×３＋ＭＮＤ＋補正値
魔法防御力＝ＭＮＤ×５＋ＩＮＴ＋補正値
ＨＰ＝ＶＩＴ×10＋ＳＴＲ＋ＤＥＦ×３＋補正値
ＭＰ＝ＩＮＴ×５＋ＭＮＤ×５＋補正値
補正値っていうのは、職業やら装備やら職業やら、まぁその他もろもろ……あれ？　職業二回言った？　えっと、称号ね、称号。
例えばＨＰに関してだと、一次職なら確定で＋１００の補正値がかかるそうな。
けっこう計算細かいんだなって思うけれど、確かに言われてみれば、攻撃力上げるために筋力つければそりゃあ防御力も多少上がるだろうし、納得する。

ここまで踏まえて、私のプレイスタイルなんだけど……。

まず、奏と遊ぶのがメインになるのは間違いない。まぁ、私が余程ハマったら別行動も出てくるかもしれないけど……可能性の高くない未来は取り敢えず置いておこう。

奏はどうせ脳筋魔法職をすると思うので、私はサポートに寄るのが無難かな？

となると、神官あたりが良さそうだけど……うん。どうせ滅多にやらないゲームだし、私もちょっとはっちゃけたことをしてみたくなってきた。

よほど足を引っ張りでもしない限り、あの廃ゲーマーならなんとかしてくれるとも思う。もしかしたら、配信のネタになるかもしれないし。

今回私にとって大事なのは、『どうせなら個性を出したい』ことと、『複雑すぎる目標は立てない』こと。

前者に関しては、せっかく遊んで配信するならさっきも言った通りネタになった方が楽しいから。

後者に関しては、言うまでもなく私のゲームセンスだね。

ただでさえセンスに秀でている訳でもないのに、そもそもゲーム自体をそんなにやってこなかったから。

『思いつきさえすれば、誰でも出来そう』『だけど、個性があってちゃんと強い』

この辺りを主眼に、方針を練る。

そうだなぁ……ここでふと頭を過ぎったのが、いつぞやカナが言っていた言葉。

たしか、オンラインゲームにおける一点特化の有用性……だったかな。

特化かぁ。全体的なバランスは崩れちゃうし、扱いも難しくなるだろうけど。

悪く、ないよね。特化は特化でも、こういう方向性なら。

ちゃんとカナとの連携も見込めるし、私に必要とされる技術も大したことは無いだろう。

……よし。決めた。

ポチポチと操作をし、ステータスを設定する。

ちょっと馬鹿みたいだけど、ゲームだし。

『初期技能を三つ選択してください』

技能ってのは、世界でのプレイヤーの行動に合わせて習得していけるものらしい。例えば、ひたすら剣の修行をしていたら剣術スキルを貰えたり、買い物で値切りを成功させたら値切りスキルを貰えたりね。

他にも仲良くなった人からの伝授とか、秘伝書のようなものもあるらしいけど……まぁその辺りはおいおい分かることだろう。

まあそんなこんなで少なからず習得に手間がかかる技能を、開幕サービスで三つ貰えるというわけ。高度なものはもらえないけれど、さっき言った剣術を始めとして、属性魔法とか、軽く万を超える技能から選べる……って話だった。

いや、万ってなに。基礎的な内容に絞ってもスキルが五桁を超えて用意されてるってこと？　意味わかんないよ。

便利なことに、条件を絞って検索もできるので、さっき考えたプレイスタイルに合うように技能を選んでいく。

うん。まずはこの、パッシブで能力が上がるスキル。％で上昇するスキルは最後まで腐りにくいって、いつか奏が言ってた気がする。

しかも、割合上昇だからこそ、特化型には相性抜群。

当然だよね。百の一割は十だけど、五百の一割なら五十だ。上昇値も跳ね上がる。

実戦用のスキルも、ひとつは欲しいよね。支援・耐久に関する技能で、そこまで即席の技術が必要とされなそう。かつ、当然だけどさっきまでの方針と合致するもの。

……おっ！　これ、いいかも。名前がちょっと謎だけど、これはいい。かなり条件として面倒ではありそうだけど、今までの方針にはドンピシャだ。

一人で遊ぶには効率がかなり悪そうだけれど、そこは大した問題じゃないね。

『お疲れ様でした。これで登録は完了です』

そんなアナウンスが流れ、ほっと一息つく。

時刻は十四時を回ったところ。

んー……ちょっと時間あるし、先に家事を済ませておこうかな。

ログアウトを選択し、現実に戻ってくる。

配信の準備もバッチリ。あとは、起動してログインし次第、ゲーム内から配信をオンにするだけ。

そうだ、タイトルどうしようかな。ちょっと奏のも参考にして…………決めた。

『【インクリ】全部ライフで受ければ、初心者なんて関係ないよね』

さあ。なんだかんだで、ワクワクしてきたよ！

まずは、パパっとやること済ませないとね。

夕食の簡単な下ごしらえと、軽ーく家全体を掃除。

色々と終えて、改めて部屋に戻ってきた。

時刻は十五時数分前。ピッタリだね。

どんなゲームなのか。楽しめるのか。そして、配信はうまく出来るのか。

様々なことが相まって、唇が乾くのを感じる。

ふとログインする前にスマホを確認すると、何やら通知が来ていた。

『簡単にだけど、こっちで告知もしてみたで！　頑張れ。初配信☆』

思わず、ふふっと笑ってしまった。

昔から、奏にはこういうところがある。私が困った時、不安を抱えている時。心を読んだかのように必ず声を掛けてくれた。

……うん。大丈夫。きっと、全部楽しめる。

機材と配信設定の最終確認を済ませ、待機すること数分。

さあ、三時だ。接続を開始。

はてさて、どんな出来事が待っているのかな——

◇◇◇◇◇◇◇◇

「うわぁ…………」

まさに、中世ファンタジーといった町並み。

一軒家が立ち並び、遠くには大きな城のようなものも見えている。

スタート地点は事前情報通り街の入口付近らしく、スグそこに門がある。

いかにも新人って感じの装備の人が次々と現れては、同じように周りを見渡したり、すぐさまフィールドの外に出て行ったり。

道沿いには、屋台が並んでいて、遠目に見る限りではアイテムや食料、簡単な装備も売っているようだ。

忘れずに、配信を開始。それと同時に、小型のまるっこいカメラドローンが、私の周りを飛び始めた。

なるほどね。この子が勝手に良い感じに動いて、映してくれるわけだ。

ありがたいことに、もう視聴者の方がいる。奏のお陰だね。

「あーー……テス、テス。聞こえておりますでしょーか？」

『わこつ』

『初見』

『カナのマブダチが配信を始めると聞いて』

『聞こえとるよ』

配信を開始するなり、視界の片隅に表示される『配信中』のマークと、視聴者数。そして、コメント。

うん。問題なく出来ているみたい。

「わーよかった。配信って初めてだからドキドキで……」

『ばっちり』

『かわいい』

『この初々しさ。最古参だけが味わえる特権よ』

『本当に初めてなん？』

「えへへー。そうだね。今来てくれてる人は本当の最古参だ。なるべく多くの人が残ってくれるように頑張るね。えっと、私がこうして主体でやるのは初めてかな。親友……カナのチャンネルの中なら、ちょこちょこまざったこともあるかも」

両手を握って決意を新たにしたところで、さっそく拾えそうなコメントがあったので触れておく。

コメントは、無理のない範囲で拾えると良いってカナも言ってたかな。

無理せず、けどしっかりコメントを拾っていくことで視聴者さんと一緒に楽しむって感じが、一番たのしいし受け入れられやすいんだって。

この中の一人にでも、私のワクワクを共有できたら嬉しいよね。

「それにしても……すっごい人だねぇ」

『まぁ、開始直後やしな』

『フィールドも人すっごいよ』

『β上がりの人間は即行でフィールドでてる奴も多いからな』

噴水広場は沢山の人でごった返している。

野良パーティー……って言うんだっけ？　それを募集している人、待ち人がいる人……うん、一杯。

思わずきょろきょろとしてしまう。


人の流れは、大きなものとして二つ。

一つは、我先にと外へ出ていくもの。初期の時点で武器は木の棒しか配布されていない。

けれど、コメントでもちらっと出たとおり。βに参加した人はキャラメイクの時点で選択すれば、職業を引き継いだ上でそれに対応した初期武器を貰えるんだそうな。そういう人が、真っ先に外に出ているんだろう。

もう一つの流れは、広場からちょっと歩いたところにある、大通りへと向かうもの。

その先にはひときわ大きな建物があり、人々はこぞってそこへ入っている。

「わーーおっきい建物だねぇ」

『あれがギルドか』

『城を除けば一番でかいらしいよ』

『おっきぃねぇ』

先んじて公開されていた情報によると、その場所は冒険者ギルドと言うらしい。冒険者に対して、魔物素材の買取りをしてくれたり、簡単な消耗品を購入させてくれたりする。他にも、相談窓口が常設されているほか、噂によると訓練施設まであるそうだ。

新規のプレイヤーはまずそこへ行って自身の職業を選択。そうすることで、職業に応じた初期武器を貰えるらしい。

望む者は、申請すれば訓練施設を使えるとか。そこは今度覗くとして、とりあえず職業選ぼうか。

『初見 タイトルに釣られた』

『あ、確かに。気になってた』

「初見さんいらっしゃい～。えへへ、待ってね。面白い戦い方思いついたんだぁ」

『何故だろう。既に不安しかしない』

『奇遇だな。私もだ』

『俺も』

『我も』

「みんな酷くない⁉　いいもん後で見てろよー！　あ。イベントというか、人と会話している時はコメント見られないから。そこは予めよろしくね」

配信も大事だけど、一番はこっちの世界を楽しむことだからね。そこはちゃんとしないと。

そうこうしているうちに、建物に着いた。

入ってみたところ、思っていたほど混んではいない。

「あれ？　もっとめちゃめちゃに混んでいると思ったけど」

『開始直後にログインしてる訳だし、β上がりのガチ勢が多いと見た』

『人の流れの割には、思ってたほどじゃないね』

『まぁ、フィールド行ってる奴の方が多いんやろ』

『そもそも最速組やしね。これからもっと混むよ』

「なるほどねぇー」

「次の方、どうぞ」

おっと、私の番だね。

考え事を打ち切り、窓口に立つ。受付は、黒髪を肩まで伸ばした、美人なお姉さん。

「お待たせいたしました。本日はどのようなご用件でしょうか」

「はい。冒険者の登録をお願いしたくて」

「新規の冒険者登録ですね、少々お待ちください」

程なくして、一枚の羊皮紙と、羽根ペンが差し出される。

わお。羊皮紙なんて初めてみたかも。本格的だね。

「こちらにお名前と、希望される職業を御記入ください」

頷いて、書類に目を落とす。

名前のところはユキでいいんだよね？　職業は……ああ、そうそう。ここで一回職業について確認しておこうか。

職業……クラスって言う人もいるけど。このゲームにおけるそれは、大きく二つに分かれるらしい。この場で登録することでなることが出来る基本職と、特殊な条件を満たすことで転職できるようになる上級職。

上級職には、現在確認されているだけでも聖騎士、魔導師など色々とある。が、β時点でなることが出来た人は一人もいなかったそうだ。

二次職、上級職、最上級職って感じで細分化されている……という噂もあるらしい。

基本職は、軽戦士、重戦士、弓術士、神官、魔術師とある。他にもまだあるという噂もあるけれど、ここで転職できるのはこの五つ。

職を何にするかは、もう決めてある。すらすらっと記入し、用紙を提出。

「……はい。ユキさん。重戦士ですね。少々お待ちください」

『ほー重戦士にするのね』

『ちょっと意外』

『確かに。軽戦士っぽい』

『神官とかやってそう』

『あんま前に出るイメージわかないな』

『結構わかる』

『おとなしそう』

『逆にカナみたいにヤンチャしててもおもろいけどなｗｗ』

『カナチャンネルに出てる時はおとなしめだった印象』

『たしかに』

『へーー』

「重戦士なのは、やりたいことにピッタリだからなんだ〜」

お姉さんが手続きのために少し席を外したのを見て、ちらっとコメントを拾う。

意外ってコメントが目立つけど、結構いろいろ言われてるな。

なんとなく眺めているうちに、お姉さんが帰ってくる。随分と早い。

「お待たせしました。こちら、冒険者証と、心得になります。後で必ず目をお通しください。冒険者証は共通の身分証明になります。再発行には費用がかかりますので、紛失されないように気をつけてくださいね」

「はーい。ありがとうございます」

心得には、冒険者としての心構えやら規約やら、あと簡単なガイドみたいなものが書かれてあるみたい。後で軽く読んでみようか。

やることは済ませたので、さっとギルドを出る。

「それにしても、随分と本格的だったなぁ」

『せやね』

『〝もう一つの世界〟がコンセプトらしいよ』

『ゲームとしては必要ないだろ〜ってところまで作りこんでるとかなんとか』

『リアル料理人が騒いでたね』

『ちゃんと腹減るもんなぁ』

『おねーさん美人で好き』

「あーわかるー綺麗だったよね」

空腹関連に関しては、ものすごく詳細に作りこまれているけれどあくまで現実と混同させないように云々の諸注意が未然にあった。

そういう意味でのシステム的な保護もいろいろ効いているという話だったけど、その辺りに触れているとキリがないから……また機会があればかな。


さて。ギルド登録も終わったので、次はいよいよフィールドに出てみようと思う。

街の探索もやってみたいけど、また今度でいいかな。

「さて。じゃーお待ちかねのフィールドに行きますか！　そのまえに、ステータス見てみる？」

『お』

『お』

『みたい』

『見せて大丈夫なん？』

「あープライベート設定ってやつだよね。いいのいいの。手の内を気にするとかよりは、いまはのんびり楽しみたいだけだし」


プライベート設定ってのは、配信画面で開示する情報を制限する機能のこと。

今回のケースだと、自分のステータスに関しては配信で映さないように設定することが出来るみたい。たぶん、ウィンドウにだけモザイクがかかるとかそんな感じかな。

手の内を晒したくない、いわゆるガチ勢とかには人気なんだろうけど……私はいいかなって思ってる。そんなガッチガチに固めるつもりもないし。

むしろ、しっかり見てもらわなきゃ。そのつもりで割り振ったわけだしね。

「そいじゃ、ステータス開くよ！　私のやりたいことひと目でわかると思う！」

ちょいちょいっと画面を弄って、ステータス画面を可視化させる。

操作自体はとても簡単。こうして……ほいっ。

名前：ユキ
職業：重戦士
レベル：１
ＨＰ：１８１５／１８１５
ＭＰ：０
右：初心者の剣
左：初心者の大盾
頭：バンダナ

胴：革のよろい
脚：布のズボン
靴：革のくつ
物理攻撃：5
物理防御：8
魔法攻撃：3
魔法防御：3

VIT：100
STR：0
DEF：0
INT：0
DEX：0
AGI：0
MND：0
所持技能：最大HP上昇　自動HP回復　GAMAN
称号：無

『『『は？』』』

「おーー。みんな同じ反応だぁ」

『どういうこと』

『やばすぎ』

『極振り……？』

『しかも、ＶＩＴか』

『これはやばい』

「えへ。どう？　この体力!!」

そう。なんと言っても、私の魅力は圧倒的なまでのＨＰの高さ。どう、見てよこれ！　千超えてるんだよ！

レベル１で四桁なんて、世界広しと言えども私くらいなものだろう。

計算式は多分、（初期値100＋ＶＩＴ100×10）×（重戦士補正1.5）×（最大ＨＰ上昇技能1.1）……かな。

『たしかに体力はすごい』

『体力「は」』

『なおほかの能力』

『どうやって戦うのん……？』

「んーそれはねぇ。なんか面白そうなスキル見つけたのよ」

いくらこの手のゲームに慣れていない私といっても、流石に何も考えなかった訳では無い。

とあるロマン溢れるスキルを見つけた。それが、これ。

技能：GAMAN
効果：自身に【移動不可】を付与。任意のタイミングで『解放』でき、受けたダメージをそのまま返す聖・貫通属性のレーザービームを放つ。効果範囲は威力に比例する。この効果で1でもダメージを与えた時、自身のデバフを解除。戦闘不能になると蓄積はリセットされる。効果中は『解放』以外の行動はできない。

GAMAN。何故アルファベットなのかはわからない。けれど、大いなる可能性は感じた。

早い話、相手の攻撃をすべて耐えきってしまって、最後にどでかいものをお返ししちゃえば。

駆け引きもプレイヤースキルも介入する余地のない一撃で、なんでも倒せちゃうんじゃないのって。

今の私の体力でさえ、ギリギリまで耐えれば1500ものダメージを与えることが出来る。敵がどれくらい硬いのか知らないけど、流石にやれる……と思いたい。

『なんやこれ』

『はえーこんなスキルもあるんか』

『いや、それ……』

『「神の遺産」じゃん』

「……ん？　「神の遺産」？　皆知ってる？」

『初耳』

『いや』

『ネットスラングみたいなもんだね。皮肉というか揶揄というか』

『スラングっていうか、造語？』

『β経験者が言ってる』

『「神の遺産」は、創造神って設定になっている運営のお遊びスキルの通称。運営側が究極のネタスキルと公言している技能のことで、まずマトモに扱えない様な尖ったもののオンパレード。運営曰く、「使い方次第では化けるスペックはあるからお試しあれ」らしい』

『該当スキルは名前がわざとらしくローマ字表記だから、知ってる人にはすぐ分かる。別名　運営の玩具』

「ほえーー。だからこんな表記なのか！」

『へー』

『解説ニキ助かる』

『βにもいたなぁ……頑張ろうとするやつ』

『他にもいくつかスキルがあるよ。探してみても面白いかも』

『サンクス』

『意外に使いこなしてる人もいた印象ある』

『DOGEZAとかねwww』

『なにそれwwwww』

「DOGEZA……土下座!? あー……軽くリサーチしたときにちらっとそんなもの見たような見ていないような……まあいっか」

なんだっけ、土下座技能が強すぎる……みたいな動画だっけ。ネタの類だと思って観なかったんだよね。

まあ、私の選んだ技能がどんな立ち位置であれ。とにかくライフで受ける。その方針は変わらないわけだ。

それに、この私の高いHP。活かすには最高の土台だろう。


のんびりと歩いて、街を出る。

特に意識をした訳では無いけど、出たのは北門。見渡す限りの平原が広がっていた。

広大な草原にちらほらと見えるのが、エネミーである角の生えた兎と、それに相対するプレイヤー。

みんな似たような装備に身を包んで、兎と一進一退……いや、圧勝している人もちらほらいるね。

「みんなやってるーー。私もたたかってみようか!」

門から離れ、適当な位置の兎に近づいてみる。

向こうもこちらを認識したようで、意識が向いたのを感じた。

ホーンラビット
レベル：1
状態：平常

視界の端にウィンドウが浮かび上がる。なるほど。ホーンラビットっていうのね。

レベル表記は1。まぁ、門のそばだもんね。いきなり高いのきたら詰んじゃう。

貰った剣と盾を構えて、油断なく兎を見据える。

ほんの数秒、私たちは見つめあって……。

「えいっ！」

一歩踏み込んで、剣を振るった。

後ろに跳んであっさりと回避したホーンラビット。地面を蹴って真っ直ぐに私に向かってくる。

落ち着いて盾を出し、受け止め…………られなかった。

「ぐえっ」

鋭い一撃がお腹に突き刺さり、思わず呻いてしまう。

予想はしてたけど、やっぱり難しいね！　タイミングが合わない。

けど、見た目ほどは痛くなかった。減ったＨＰは、２％ってところか。

「……ま、そういう、わけ、で。私のＰＳが残念なことを、皆に見せとこうと、思って……ね」

『無理するなｗｗ』

『見事なまでのクリーンヒット』

『大丈夫なん？』

『絶対痛かったろｗｗｗ』

「だいじょーぶ。ほら、ＨＰみて。ほんのちょっとしか減って……わわっ」

当然ながら、魔物は待ってくれない。

容赦のない再度の突撃。今度はギリギリで回避できた。

「……さてと。余興はこれくらいにして……使うよ『ＧＡＭＡＮ』」

戦闘が難しいことは充分に示せたので、お待ちかねのスキルを使う。

『余興ｗ』『どう見ても必死ｗ』とかいうコメントが流れた気がするけど、知らないったら知らない。

それはさておき。スキルを使った瞬間、身体全体が重くなったように感じる。脚を動かそうとしても、殆ど動かせない。

剣も振れないので、これが例の移動・行動制限というものだろう。

「うわぁ、ホントに何も動かせない……え、ちょっと待って待って私動けないんだよそんな容赦な

Lv.1

くぎゃーー!!」

『草』

『効果分かってたんじゃないのｗ』

『無慈悲である』

『あ、でもちょっと白くなった？』

動けない私が見逃されるわけもなく、またお腹にクリーンヒットを貰ってしまった。

その瞬間、私の身体に薄くだけど白い膜のようなものが張られる。

なるほどね。ＧＡＭＡＮの発動待機中ですよ～ってことは視覚的にもみえるんだ。

こうなる未来は分かってたんでしょってコメントもあるけど、そうじゃない。

「動けないところに突進くるの、普通に怖いからね!?」

コメントに煽られながらも、二度、三度とたいあたりを受ける。

どうしようもないので全部お腹で受け止めているうちに、少しずつ気持ちも慣れてきた。

『剣と盾をもちながらも身体で受け止める図である』

『あまりにもシュールすぎる』

『周りの目が面白いｗ三度見くらいされてるｗｗ』

『その装備、要らなくね？』

「うぐっ……良いの！　見た目も大事なんだから！」

『その見た目が酷いんだよなぁ』

『見た目がひどいんだってｗ』

『装備で補完される外面以上に、起こっている絵面がシュール』

『全部うけ止めてなお平然とたっている時点ですごいけどね』

『もういいんじゃないの？』

『結構チャージできてるよね』

五発目を貰った辺りで、周囲の膜が少しだけ濃くなったように感じる。

減ったＨＰをみると、だいたい合計威力は２００ってところかな。

確かに、最初の敵であることを考えると、もう充分な気はする。

改めて、兎を見据える。何度受け止められても、愚直に突進を続けるホーンラビット。

その姿に思うところがない訳では無いけれど……さくっと、終わらせてしまおう。

六度目の突撃に合わせて、言葉を紡ぐ。

「『解放《リリース》』」

その瞬間、蓄積されたエネルギーが解き放たれるかのように一筋の光が生み出され、兎を正面から貫いた。

ホーンラビットの姿が消滅するとともに、身体が軽くなる。

【戦闘に勝利しました】

【只今の戦闘経験により『聖属性の心得』を修得しました】

【只今の戦闘経験により『ジャストカウンター』を修得しました】

【只今の戦闘経験により『致命の一撃』を修得しました】

【只今の戦闘経験により『創造神の興味』を獲得しました】


「なんか色々来たけど……初勝利やったーってことで！」

『おー』

『一応活用できてるw』

『おめでとさん』

『８８８８』

『綺麗に脳天撃ち抜いたね』

『ヒント：所要時間』

『言うなw』

ふふん、みたか。もっと褒めろ。

とりあえず、最初にギルドで支給された下級ポーションを飲む。回復量は25％なので、余裕で全回復。

コスパ悪ってコメントが見えた気がするけど、気のせいだよね。

さて、一戦で満足するわけにもいかないし……色々確認しつつ、次行こうか！

初めての戦闘を終えて、改めて周囲を見渡してみる。

門を出た先に広がる、見渡す限りの大平原。一面の草原では、あちらこちらで兎と人が入り乱れていた。

そこかしこに見受けられる初心者装備のプレイヤーたちと、それと相対するホーンラビット。プレイヤー側が二人、三人となることもあれば、兎が三匹で一人を取り囲んでいるところもある。

状況は様々ではあるものの、総じて。

「……人が多い」

『初日やからな。しゃーない』

『初心者むけの場所はどうしても混むよね』

『これでも取り合いとかにはなってないだけましってもんよ』

「むーん……奥行っちゃうかぁ」

人で溢れているここよりは、もう幾らか奥に行ってみようかと思う。たしか、この北も当分はひたすらに草原だったたか。

『お』

『行っちゃう？　行っちゃう⁇』

『敵の強さ的には大丈夫なん？』

「へーきへーき。そもそも私よりＨＰが低いやつには理論上負けないんだから」

『もはや例のスキル大前提』

『ライフで受けるというよりもはやライフで殴ってて草』

『知らなかったのか？　ライフは殴るもの』

『剣や盾は飾りです』

「えらい人にはそれが分からんのですよ〜〜……あ、そうだ。さっき色々インフォあったよね。確認しとかないと」

初勝利の余韻ですっかり流してしまうところだったけど、いくつか通知が鳴っていた。北へ北へと歩きながら、ざっと確認してみることにする。

技能：致命の一撃
効果：相手の急所を突いたとき、与ダメージが更に10％上昇する。

技能：ジャストカウンター
効果：カウンター時のダメージを5％上昇させる。

技能：聖属性の心得
効果：聖属性攻撃の威力を1%上昇させる。

なるほどなるほど。この感じを見るに、技能ってのは割とぽんぽん生えてくるって認識で良さそう。どれもあれだね。ぱっしぶスキルってやつだ。持ってるだけで強くなれる感じの。カウンターやら急所やらに心当たりはないけども、多分最後の攻撃がそういう判定になったんだろう。
今のが、手に入った技能。最後の一つは、少し毛色が違った。

称号：創造神の興味
効果：他のプレイヤーに比べて、やや重点的にモニタリングされるようになる。NPCとのやり取りに微上方修正。
説明：創造神に興味を持たれたものを指す。神は下界に愉快な人間を求めている。『運営はユニークなプレイヤーを歓迎します』

「称号……？　え、なんか運営から今後ほかより監視しますって宣言食らったんだけど」

『わろた』

『運営見る目あるわ』

『どうみても要注意ユーザー』

『イエローカードかな？』

『警告って感じはしないけどね』

『「創造神のなんとか」ならβの頃からあったやつ』

「誰があと一枚で退場だ！　……へえ、そうなんだ」

コメントの解説いわく。βの頃から、面白いプレイをする人にはどんどんそういう類の称号が付与されていったらしい。公式プロモーションビデオを作製するネタにしやすいからだとか。

まぁ確かに、ごまんといるプレイヤーの中からネタを探すなら、目立つ動きをする人をマーキングしておきたい気持ちはわからないでもない。

結局のところ監視強化であることには変わりないけど!!


そんなこんなで門から離れ、どんどん北の方へと進んでいく。

こちらはところどころに小高い丘などはあるものの、基本的にはずっっと草原。

道中、何度か兎が襲いかかってきた。

三回ほど受けた上で反撃すればあっさり勝利を収めることが出来たので、特に問題にはならなかったけども。

「随分と街から離れてきたねぇ」

『せやね』

『この先もずっと草原なんかな？』

「どうだろー。街とかあったら面白いよねー……お？」

まだ遠目だが、何やら見慣れないものが前方に見えた。

これまでの兎と比べると、この距離からでも段違いに大きいのがわかる。あれは……猪？

向こうもこちらに気付いたらしい。ゆっくりと、歩いてくる。

名前：ワイルドボア
ＬＶ：10
状態：平常

「レベル10！　高くない⁉」

『笑った』

『これは……別エリアってやつですかね??』

『お前は進みすぎた』

『初日からデスペナかぁ』

「いや待って待ってまだ諦めるのは早いから！」

慌てて、剣と盾を構える。正面からの突進に備え、大盾で前方を防いだ。

瞬間、強烈な衝撃が身体を襲う。HPバーは８％ほど削られていた。

的が大きくて攻撃が単調だからこそ、私でもしっかりと防御はできる。

「ぐっ……重い。けど、これならまだまだ余裕！」

『おー……？』

『いや、盾で受けてたら意味無いでしょ』

『まだまだ余裕（キリッ』

「あーー！　そうじゃん！　普通に受けても意味無いんだ！」

よほどテンパっていたらしい。コメントに指摘されて、慌ててGAMANを発動させる。

効果中はあらゆる行動が禁止されるため、盾で守ろうとすることも出来ない。

強烈な突進を身体で受ける。最初とは比べ物にならないほどの衝撃が、身体中を駆け巡った。

――ぐっ、結構重いっ……！

HPバーは、合わせて三割弱減っていた。当然と言うべきか、受け方次第でダメージも変わるということなんだろう。

しかし、それはすなわち、その分GAMANも溜まるということ。

「よーし……。もう一発こ――ぐえっ」

胸元に猛烈な一撃。残りのHPは、一気に半分強に。

でも、問題ない。

「やったなぁ……？　こっちの、番だぁーーッ!!」

「『解放』」

言葉を紡ぐと同時に、確かな、力強いものが全身を駆け巡る。

そしてそれはまもなく、一筋の光線となって解き放たれた。

今日一番に鮮烈な光の奔流が真っ直ぐに突き進み、突進を終えたばかりの猪を呑み込む。

光線の去ったあとには、ワイルドボアの姿はなかった。

【只今の戦闘経験により、レベルが5に上がりました】

「やっったーーー！！　勝った!!!!」

思わず装備を投げ出し、両手を突き上げて喜びを表現する。

いやーよかった。ちょっと怖かったけど、案外やれるもんだ。

『8888』

『ナイスぅ！』

『まるでボスでも倒したかのような喜びようである』

『長く、苦しい戦いだった……』

「今のはボスだから！　レベル九つも上だったし、アツかったし。私がボスと言ったらボスなの！」

『せやな』

『うんうんボスだった』

『戦闘時間一分あるかないかだけどね』

『そんなことより装備ひろったげて？？？』

「あ」

すっかり忘れるところだった。

慌てて地面に落としてしまった剣と盾を拾い、インベントリにしまう。

『いや草』

『ナチュラルに解雇される装備品』

『流れるように仕舞うじゃん』

「いや……まぁ要らないかなって……」

剣は振っても当たる気がしないし、盾も結局のところ使わない。

もう服さえあれば良いかなって思っちゃうのは間違ってないはず。

「そうだ、ステータス。振らないといけないんだっけ」

ちょいちょいと操作して、ステータスウィンドウを開く。

開こうという意思を持って指を振ればウィンドウが出てくる仕様なんだけども、つくづくこれって凄いなって思うよ。

意思を読み取ってくれるあたりが、良いよね。
ポイントを20貫えていたので、全てVITに振っておく。更新されたステータスが、こんな感じ。

名前：ユキ
職業：重戦士
レベル：5
HP：868／1980
MP：0
右手：なし
左手：なし
頭：バンダナ
胴：革のよろい
脚：布のズボン
靴：革のくつ
物理攻撃：0
物理防御：8
魔法攻撃：3

魔法防御：３
ＶＩＴ：１２０（+20）
ＳＴＲ：０
ＤＥＦ：０
ＩＮＴ：０
ＤＥＸ：０
ＡＧＩ：０
ＭＮＤ：０
所持技能：最大ＨＰ上昇　自動ＨＰ回復　ＧＡＭＡＮ　ジャストカウンター　聖属性の心得　致命の一撃
称号：創造神の興味

「あーー惜しい!!　もうちょっとで二千だったのに」

『次元が違う』

『ワイの十倍あるんやが』

『体力半分ないタンクは失格ですか……?』

『安心しろ正常だ』

「あはは。まぁこれが異質だってことは流石にわかるよ。突き詰めたら何処まで盛れるか楽しみだねぇ」

『まだまだこれからだもんなぁ』

『ズバリ目標は』

「そりゃー夢はでっかく五桁でしょう！」

『がんばれ』

『一ヶ月もしないうちにあっさり超えたりして』

「どうだろ！　これから見守ってくれると嬉しいなぁ？　なんて」

『おけ』

『任された』

『登録しといた』

「ありがとー。皆優しいなぁ」

まさかゲームが、配信をすることが。ここまで楽しいなんて思いもしなかった。

時計を見る。もうちょっと時間あるかな。

「さて、じゃあもーちょっとばかり。気合入れてイノシシ狩りと勤しみますかぁ！」

えへへ。がんばっていこー！

第二章　強敵との邂逅

それからというもの、私は有り余るＨＰを活かして、イノシシを乱獲した。

戦闘時間は二分そこらだし、あいつらやたら襲いかかってくるしで、かなりのハイペースで狩ることが出来る。楽しい。

あっという間にレベルは８。ステータスは勿論、ＶＩＴに振った。

最大ＨＰは２２００と少し……もうこの辺りで怖いものなんて何も無いだろう。

それにしても、こんなに簡単に敵を倒せちゃって良いものなんだろうか。

ＨＰ特化とＧＡＭＡＮの組み合わせ……もしかしたら私、天才的な手法を編み出しちゃったかも！

いやー、このままだとたくさんの人に真似されちゃうね！


調子よく進んでいくと、周囲の空気が微かに変わったように感じた。

なんとなく、キョロキョロと周りを見渡す。

「んー？」

『どうしたん』

『なんか見えた？』

「いや、えっと…………うまくいえないんだけど、なんか違和感があったような……気のせいかな？」

『違和感？』

『思念の変化でも感じたか』

『人類の革新じゃん』

『敵意感じとれちゃう⁉』

「私は旧い人間さ……うわちょっと待ってほんとになんか来た⁉」

土煙を上げて、何かが一直線に突き進んでくる。

視界が悪くあまり分からないが、ワイルドボアと比べても一回り、二回りは大きい。

名前：キングボア
ＬＶ：30
状態：憤怒

「は……？」

『レベルwww』

『さwんwじwゅwうw』

『ご愁傷さま』

「いやいやいや待って⁉　どう考えてもおかしいでしょ！」

『めっちゃ怒っとる』

『よくも我が同胞をォ！』

『許さんぞォォ‼』

「洒落にならないからぁ！」

コメントに煽られている間に、キングボアとやらの全容が明らかになった。

ワイルドボアと比べても三回りは大きい巨体と、全身を鎧のように厚く覆う体毛。牙はマンモスのように強大で反り返っている。どこから調達したのか、その身体は古強者《ふるつわもの》を思わせる鎧に包まれていた。

勢いのまま突っ込んでくるかに思われたソイツは、私の数メートル先で足を止めた。

「Bmoooo ‼」

「っ……！」

低く、巨大な唸り声が、空気を震わせる。

強烈な怒りの感情に射貫かれて、思わず身が竦んだ。

ズシン、ズシンと地面を震わせながら、キングボアがゆっくりと距離を詰めてくる。

回避……無理！　許される雰囲気じゃない！
「ええい、ままよっ‼」
覚悟を決めて、進路上に仁王立ちをする。
脚が震えている？　んな訳あるか。ゲームだぞ、気のせいだ！
【ＧＡＭＡＮ】……ぐうっ⁉」
振り上げた鋭利な牙に、身体を引き裂かれる。
現実ならまず即死だろう。そんな強烈な一撃だった。
思わず身体がよろめく。ＨＰは、一気に五割弱も削られていた。
続けざまに、今度は牙が横なぎに振るわれる。
ダメージが大き過ぎたのか、そのまま後ろにぶっ飛ばされてしまった。
「こ、の……」
身体中が軋むような感覚を覚えながらも、なんとか立ち上がる。
こんなところまでリアルに寄せちゃうことないと思うんだけど……いや、今は、集中。
こちらの体力は一割を切っている。けど、それはすなわち。
「最大、火力だぁ！　『解放』」
全身を駆け巡る聖なる奔流が、かざした左手に集約し――放たれる。
私の背丈まで届くのではないかという程の、レーザー光線。
全てを消しさらんとする強烈な閃光が、キングボアを正面から呑みこんだ。

十数秒……いや、ほんの数秒だったのかもしれない。

力を使い果たし、ようやく光線が止まる。

一縷の望みを懸けた、正真正銘、全力の一撃。

倒しきれるとまでは思っていない。一矢報いてやろうと放ったそれは、果たして敵を倒すには至らなかった。

「Bmoooo！」

空気が、震える。

確かに、一矢は報えたのだろう。まだまだ健在といえど、その体力は確実に減っている。

実際、かなり痛かったのか。向けられる思念に、先程までとは比較にならない程の怒りを感じた。

キングボアは、膝を突く私に向かってゆっくりとにじり寄ってくる。

彼我の距離は、一メートルも無くなった。

圧倒的なまでの存在を、せめてもの抵抗として睨み付ける。

巨大な脚が、振り上げられ。

「…………お前は、私が絶対に倒すから」

私の視界は黒く塗りつぶされた。

◇◇◇◇◇◇◇◇

「あーーー!!!! もう!! 負けたんだけど！！！」

『お疲れ様』

『普通にナイスファイトだった』

『あれで諦めないの凄いよ』

『割と削れてたっぽいよね』

『ちゃんと戦えてたよ。決着自体は一瞬だったけど』

視聴者さんたちが慰めてくれるが、私の心は晴れない。

いやまぁ、やれるだけはやったから後悔とかはないんだけども。

『そもそもサービス開始直後にフィールドボスと戦う時点でおかしい』

『さっきも話題にあがってたけど、フィールドボスって何？』

さっき……というのは、恐らく戦闘中のことだろう。

あの時は、全くコメントを見る余裕が無かったからね。

『このゲームにはいくつかボスエネミーにも種類があるらしいんだけど、現時点で確認されているのは二種。「フィールドボス」と「エリアボス」』

『エリアボスは、各エリアの境界に立ち塞がる強敵のこと。初めの街から東西南北それぞれの方向にまっすぐ進んだ先の第二エリアから登場する。そいつを倒さないと、その先には行けない』

『フィールドボスは、それぞれ多様な条件を充たすことで出現すると言われている。大抵、そのエリアの適正レベルからは逸脱している。同種のモンスターを狩り続けるとか、指定の時間に指定の場所に居続けるとか。条件は色々と検証中らしい』
『解説ニキありがとう』
『流石にタイピング速くない？』
『フッ。これがジェットストリームKAISETSUよ』
『triple_kaisetsu でも可』
「三人がかりだったんかい！」
ふふっ……思わず笑ってしまった。
ありがたいなぁ。コメントのお陰で、笑顔が消えることがない。
「でも、あれかなぁ。今の話からすると……猪さん狩りすぎた、とか？」
『せやね』
『短時間での猪討伐回数とソロ探索であることくらいかなぁ』
『あのレベルからするとフィールドボス確定だろうしね』
「ねー。流石に、さんじゅう……!?　ってなったよー」
『レベル30のボスにソロで挑むレベル8』
『忘れてないか？　これまだサービス開始して数時間なんだぜ……？』
『因みに初配信を開始してからも数時間なんだぜ？』
『マ？』
『嘘やん』

あ、ふと気づいたけれど、これ配信開始と比べて視聴者さんかなり増えてるんだ。

「えへへー。いつの間にか視聴者さん結構増えてくれてたみたいだから、改めて自己紹介するね。今日から配信始めました、ユキです。ゲーム全然なれてなくて変なことするかもだけど、温かく見守ってくれると嬉しい」

『初配信とは思えんかった』

『既に充分以上に変定期』

『ゲーム慣れしてない奴のビルドじゃない件について』

『極振りなんて玄人でもそうそうやらんぞ』

『特にこのゲームはねぇ……』

『むしろ初心者だからこそできるぶっ飛んだ構成がワイは好き』

『わかる』

『そもそもタイトルどういう意味なん？』

「いやー……プレイヤースキルってやつに自信なかったからさ。攻撃も防御も技術に左右されそうだけど、体力高くしまくって全部受けちゃえば関係なくできそうじゃん？」

『発想が草』

『それで通じちゃったのがもはやバグ』

『通じるどころか最前線なんだよなぁ』

『運営も大喜びだろ』

『初日から遺産が活用されてるもんな』

『これは徹底マーク不可避』

「あははー。まぁでも、配信のネタとしては事欠かなかった気がするよ」

『それはそうね』

『同接かなり増えたもんな』

『今後にも期待だわ』

「えへへ。よかったら登録もしてってね。これからしばらくは頻繁に配信すると思う」

『おけ』

『登録した』

『もうとっくに登録済みなんだよなぁ』

『同じく』

「ありがとう！　それじゃあ、今日はここまでにするよ。夜は友達と遊ぶ予定なんだ。と言っても、このゲーム内だけどさ」

『おつ』

『配信はしないん？』

「んー。どうだろう。友達が配信すると思うからそれで充分かなぁって」

『それも見たいな』

『なんなら同時配信でもええんやで』

『友達も配信者なんや』

『→配信者なんてレベルやないんやで』

『どういうこと？』

「えっとね、〝カナちゃんねる〟ってところで配信してると思う」

『は？』

『超大手で草』

『そういうことです』

『あのカナの「友達」って聞いた瞬間に色々納得してしまった』

『脳筋の友達は脳筋』

『どんなＭＭＯでも特化型ビルドしないと気が済まないド変態じゃないですかやだー』

一気に加速するコメントを見ていると、奏の凄さというか、人気がわかるね。

思わず口元を緩ませていると、ポーン、と軽快な音が鳴った。

新規メッセージ……奏からだ。用事が終わったらしい。

「あ、ちょうど今むこうも準備できたらしいから、終わるね。こっちでも配信するかどうかは後で考えるよ」

『了解』

『おつ』

『おつ』

『楽しかったよ』

『乙』

「私も視聴者さん達のおかげで楽しかったー。ありがとうございました!!」


配信を終了したのを確認して、一旦ログアウト。

ささっと夕食を済ませて、奏と合流しなくちゃ。

手早く晩御飯を作って、食べる。今日はオムライスだ。

お母さん直伝の、半熟卵で薄ーく包んだふわとろな自信作。

よく奏も食べに来てくれるものだけど、今日は一人だけなんだよね。

なので食事の時間はすぐに終わり、さっと片付け。

てきぱきとお風呂洗いまで済ませちゃって、これで一通りの家事は済ませたことになる。

こっちも終わった、という旨を奏に送れば、即座に電話がかかってきた。

「もしもし?」

『あ、もしもーし。ユキ?』

耳に飛び込んでくる聞き慣れた声に、思わず頬が緩む。

昼間が濃かったせいか、大して時間もたってないのに随分と久しぶりに声を聞いた気がした。

「はーい。聞こえてるよ」

『よし。早速やけど……インクリ、楽しめてるみたいやん?』

「うん！　もしかして、配信観てくれた？」

『片手間に流してた程度やけどな。初配信、観ないわけにはいかんでしょ』

「えへへ、そっかぁー」

忙しいって言ってたのに、配信流しててくれたんだ。

どうしよう。にやけちゃうね。

『全てライフで受ける……だっけ？　どうやったらそんな発想になるのよ』

「んー……ほら、奏って多分だけど、かなり攻撃重視に作るでしょ？　それなら、私はタンクってやつになればバランスいいのかなぁって」

『はぁ……どうとでもなるから好きに作りって言ったのにアンタって人は……正直、考えてくれたのは凄く嬉しいけど』

「でしょでしょーー。良かったぁ」

やっぱり、どうせなら長く楽しく遊びたいからね。

親友との相性を考えるのは当然と言っても良いだろう。

『それにしても、どうよ？　配信』

「すっごく楽しい!!」

『そ。よかった』

「観られてるって思うとちょっと緊張するけど、それ以上にコメントを見るのが楽しいの」

『せやろー？　自分が楽しんでいる姿を共有していることで、何万人もの人が一緒に楽しんでくれる……あの感覚は、なかなか止められないんよね』

「奏がずっと配信続けている理由を、ちょっとだけ実感できたような気がする」

『これからは、ちょくちょくコラボ配信とかもできるかもね？』

「やってみたい！　早速ログインしてみる？」

『それは構わんけど……あんた、デスペナは？』

デスペナ……デスペナルティのこと。

ゲーム内でうっかり死んじゃった時、即座に復活地点からリスポーンすることが出来る。その時に、一般的にはペナルティが科せられるんだ。

「あー……すっかり忘れてた」

『そんな気がしたわ……あんたらしいけど』

「インフォも見逃してたなぁ。何だっけ。確かこういうのってゲームごとに違うとか言ってたよね」

『せやね。えーと確かインクリは……二時間の経験値取得不可と、全ステータス半減、かな』

「二時間、かぁ。んーステータス半減は無視できるような気もするけど」

全ステータス半減ということは、ＨＰも落ちるということ。でもまぁ、半分あれば軽く一緒に遊ぶくらいなら問題ない気がする。

ダメージならカナが出してくれるだろうから、私は引き付けるだけで良いわけだしね。

経験値が入らないのは残念だけども。

『半分でも本当になんとかなりそうなのが怖いところねぇ……けどまぁ、今日はやめとき？』

「そう？　やれると思うけど」

『まだ街の中とか見てないやろ？　配信しながらそっち見てもええんちゃうかなって』

「あー……たしかに、全く見てないや」

『せっかくの綺麗な街やしね。もしかしたら、なにかイベントもあるかもしれん』

言われてみれば、そうだ。

ログイン早々に外に出ちゃったから、街の中は後で探索してみようってことにしていた。

「結局、ギルドで登録しただけだもんなぁ」

『せやろ。何だかんだで動ける時はフィールド探索とかにあてってしまうもんやから、こういう機会にゆっくり見て回るのもええと思うで』

「たしかにー。でも、いいの？　約束してたのに」

『ええってええって。その代わり、ちゃんと配信してな？　後でちゃんと観るから』

「ん、わかった。ありがと」

『そんじゃ、今日はお互い別行動ってことで。また明日』

「起きたら連絡するね！」

そこで会話を打ち切って、通話を終了。

スマートフォンを机上に置いて、ぐいっと伸びをする。

軽く腰を左右に何度か捻って、次は立ったまま前屈。そして今度は後ろに身体を反らし……。

「よし！　じゃーやりますかぁ」

再びスマホを手に取って、自身のチャンネルを開く。

『予定変更で、これから一人で街探索する』という旨を発信。

ヘッドセットを被り、私は再度インクリの世界にログインした。

◇◇◇◇◇◇◇

Infinite Creation初期リス地点である、噴水広場。

初日ということで数多の新規プレイヤーが舞い降りたその場所に、一人の少女がまた同じように姿を現した。

「おー……やっぱり圧巻の光景やなぁ」

紺野《こんの》奏《かなで》。プロのストリーマーである彼女は、当日の夜というやや遅めの時間でありながらも新規プレイヤーの一人としてこの世界にやってきた。

慣れた手つきでウィンドウを操作し、配信を起動する。

「はいはい皆さんおおきに。カナちゃんねるから今日もやっていきますよーー」

人気絶頂の配信者らしく、冒頭からかなりの同時接続数。かなりの速度でコメントが流れていく。

「おや、今日はいつもより初見コメントも多いやん？　新ゲーム効果やろか。初見さんおおきにー。ゆっくりしてってな」

関西人らしく会話の節々に交じる関西弁と、本人の愛嬌が醸し出す独特の雰囲気。それは今日も健在だった。

常連含め、多くの視聴者が彼女の配信に惹き込まれていく。

「おー!! ユキの配信から知ってくれた人もおるんか！ 初日からもうそんなところまで行くなんて、流石ウチの親友やで」

一瞬だけ流れた『親友の配信から来た』という旨のコメントを、少女は見逃さなかったようだ。

自分のこと以上に喜び、喜色満面と言った様子になる。

「SNS上ではいくらか呟いたけど。ちょくちょく話題に出したことも動画に出たこともある親友のユキが、今日から配信始めてるんよ。リンク貼っとくから、よかったらそっちも見たってな。おもろいでー」

「ん？ 身内びいき？ いやーー違う違う。ホンマにおもろいねん。その気になったら……いや、無意識のうちにウチらの予想なんて二つも三つも飛び越えていくような、そんな子やから。ま、観てくれればわかるわ」

心から楽しそうに、親友の紹介をする。

何人かが興味を持ったことを確認して、彼女はにししと笑った。

「さーて。じゃあユキに負けとるわけにもいかんし。出遅れた分チャチャッとレベリングしていきましょうか」

そう話した奏は、どこか優雅ささえ感じさせるほどの自然体で街の外へと歩いていく。

βテスターでもある彼女は、もう既に初心者用の長杖を携えていた。

「最初のターゲットは兎さんや。それはな、今日の夕方には確定されてしもうた未来なんや！」

奏が突きつけた杖から紅蓮の炎が噴射され、草原を跳び回っていたホーンラビットに襲いかかる。

剣と大盾を構えた少女に対しては五度も突進を当てるという大健闘を示して見せた兎であったが、此度の戦闘は呆気なく終わりを告げる。

「ん……まぁ、こんなもんやな」

一撃、必殺。

魔力に全てを振り切った彼女の攻撃は、レベル1とはいえ正にそう言うに相応しいものであった。

「さあて。こんなモンで満足しては当然追いつかへん。どんどんいくで？」

柔和な笑みを浮かべ、少女は突き進む。

この日、目に付く兎を片っ端から焼き払った彼女。最後にしっかりとワイルドボアにも勝利を収めると、満足したように配信を切り上げた。

後に『歩く厄災』『紅蓮の大魔女』『大魔王』とまで呼ばれるようになる少女の第一日は、上々の滑り出しであったと言えよう――

名前：カナ
職業：魔術師
レベル：6
ＨＰ：80／80

ＭＰ：６２５／６２５
右手：初心者の長杖
左手：なし
頭：バンダナ
胴：布の服
脚：布のズボン
靴：革のくつ
物理攻撃：２
物理防御：５
魔法攻撃：４９１
魔法防御：１４１

ＶＩＴ：０
ＳＴＲ：０
ＤＥＦ：０
ＩＮＴ：１２５
ＤＥＸ：０
ＡＧＩ：０

ＭＮＤ：０
所持技能：魔力上昇　火属性魔法　詠唱短縮　火属性の心得
称号：創造神の興味

◇◇◇◇◇◇◇◇

「私は戻ってきたぁー」

『おかえり』

『わこつ』

『８８８』

『早かったね』

再びやってまいりました、Infinite Creation の世界。

前回リスポーンし、ログアウトした地点である教会の前からの再開だ。

「ありがとー。カナと話して、今日はデスペナ有るし一人で街探索することになったんだ」

『なるほど』

『デスペナってなんだっけ』

『ですぺなるてぃ』

『それは知っとるｗ』

『Death Penalty』

『お前らわざとだな⁉』

「いや、みんな連携力高すぎない？」

『どや』

『それほどでもある』

『今ゲームにおいては二時間の全ステータス半減と経験値取得不可やね』

『唐突なちゃんとした解説で草』

おふざけ一色かに思われたコメント欄に、唐突に現れる真面目な回答。

この憎めなさが、楽しい。

「あはは、まあそういうことなんで、外には出ずに歩き回るよ〜！」

さて、街を探索とは言うものの、どこに行こうか。

昼間はギルドに寄ってからすぐに出てしまったので、実際のところ街の殆どは未開拓……ということになる。

位置関係としては、街のど真ん中に噴水広場。そこから少し南に行ったところにリスポーン地点でもある教会があって、ギルドは真逆、北の通りだ。

「北の通りは露店が多かった印象あるな……今ちょっと南寄りにいるんだし、とりあえず南側見てみよっか」

『賛成』

『さて何をやらかしてくれるのか』

『目が離せません』

「なんでやらかす前提なの⁉」

『自分の胸に手を当てて』

『今日の出来事思い出して』

『心当たり、ないか？』

「うっ……ある、かも……」

『いや負けないで？』

『ちょろくて草』

『コメントに負ける配信者』

『素直がすぎる』

「ぐ……納得いかない……」

どうも手玉に取られている気がして、釈然としない。

けどまぁ、反応を見ている感じだとみんな好意的なんだよね……配信ってこういうものだっけ。

カナはもっとこう、かっこいい感じなんだけどな。

……まぁ、いいさ。気を取り直して、南通りへ。

屋台が多かった北通りと比べると、こちらは店舗っていえば良いのかな。普通の店が多い印象。

「お。あれは武器屋じゃない？　ちょっと興味あるね」

『RPGっぽさがいいね』

『興味w』

『使わないじゃん』

『なんなら装備すらしないじゃん』

『武器&盾＝インベントリの肥やし』

「むーー、わかってるよう。でも、私は良いにしても、皆よく上手に剣とか扱えるよね。いちおう最初の戦闘で使ってはみたんだけど、全然当たる気がしなくてさ……」

『そう？』

『たしかに速い敵相手だと難しめかもしれないけど』

『それアシスト切れてるからじゃない？』

「アシスト？」

『流石に素人にいきなり剣や盾使わせたって使いこなせないっていうところから、このゲームにはシステムアシストが実装されてる』

『若干モーションを手助けしてくれるから、武器全般それでかなり当てやすくなるよ。設定画面からオンオフ切り替えられるから、逆にやりづらいって人は切るらしいけど』

『はえー初耳』

『解説助かる』

なるほどね。まあそりゃそうだよね。冷静に考えて、動く的相手にいきなり剣とか弓とか当てるのすっごく難しそうだもん。

武器本来のちゃんとした振り方、撃ち方とかも普通は知らない訳だから……。

「なるほろーー……あれ？　じゃあ、私ってアシスト込みで駄目ってこと？」

『泣かないで』

『どんまいｗ』

『極振りだからでしょ』

『このゲーム、装備要求値満たしてないとシステムアシスト全部ＯＦＦになっちゃうらしいからね』

『知らなかったんだが？？？』

『普通にプレイしてて直面することはまず無いって』

『確かに』

『初期装備の要求値って３とか５とかやぞｗｗ』

『この子ぜんぶ０だからなぁ……』

『だから初期値は基本的にいじるなとあれほど』

「なるほどねぇ……つまり私は、攻撃も防御もほとんどシステム的なアシストはもらえない訳だ。ま、やらないから良いんだけど。すべてライフで受けるからね！」

道理で、何も弄っていないのにアシスト関連が一切無いわけだ。

剣や盾とはこの先も無縁になることが確定されてしまった気がするけれど、もともと膨大なＨＰ

で受けきる作戦でいたんだ。方針は何も変わらない。

どーせ、多少アシスト込みで触ったところで本当にうまい人には敵わないだろうしね。

因みに、要求値のことだけども。

各装備には要求能力値っていうのがあって、それを下回った状態だと装備の性能を発揮しきれないと言われている。大幅に下回りすぎると、装備すらさせてもらえないらしい。

初心者の大剣の要求値は、ＳＴＲ５だ。少しでも鍛えた人なら誰でも扱えるように作られた練習用の剣であるそうな。

私は扱えないけどね！

「あ、もしかして鎧もダメ？　これから先、服系しか着られない説あるのでは⁇」

『え』

『鎧、初期のやつ以外筋力いるもんね』

『剣も盾も、挙句の果てに鎧すらも装備できない重戦士』

『重戦士とは……？』

『重（装備はしない）戦士』

『ｗｗｗｗ』

「それを言われると辛いなぁ。体力の補正値が1.5倍で一番高かったからね。仕方ないのだよ」

言ったかどうか忘れたけれど、このゲームは各職業ごとに能力値の補正がかかるんだ。

例えば、私が選んだ重戦士だと、ＨＰに×1.5、物理攻撃と物理防御に×1.2の補正がかかる代わりに、魔法二種には×0.7の下方が入る。

逆に奏が選んだ魔術師は、魔法防御に×1.1魔法攻撃には×1.3も入る代わりに、ＨＰが0.8倍。物理二種に関しては×0.5にまで下がってしまう。

他にも職業ごとに個性はあるけど、まぁそれはおいおいってことで良いだろう。

「んーまぁそういう事だし、当面は武器防具屋には縁はないかなぁ」

『せやね』

『新調したところで一生使われない』

『プレイヤーメイド一択？』

『ダンジョンドロップとかでも装備ありそう』

「そうだねー。更新するとしたら、ほかはどうでも良いからＨＰが少しでも上がる装備が手に入った時かなぁ。もうちょっとお金貯まったら、服系の装備だけでも替えても良いかも。もちろん、要求筋力値が０である大前提で」

『たしかに』

『まあ、服系はよっぽどの例外じゃなければ筋力要らないもんな』

『逆に一般人が着れないほど重い服ってなに？　って感じ』

『筋力不足で鎧装備できない重戦士（少女）』

『かわいい』

『いやほんと「重」とは』

『重戦士（重装備するとは言ってない）』

「はいはいどーせ私は職業詐欺ですよーーだ」

『拗ねたw』

『拗ねないで』

『このコメント欄の雰囲気好きすぎる』

『この世の平和が凝縮されてる』

「スケール大きいな!? でも、雰囲気良いのはそうだよね。皆本当にありがとう。楽しいよ……あ、雑貨屋」

『良い雰囲気になりかける∧雑貨屋』

『俺たち∧雑貨屋』

「あはは。雑貨屋大事だから！ ポーション補充!!」

『めっちゃダメージ受けるもんね』

『俺たち∧∧∧∧∧（越えられない壁）∧∧∧HPだったか』

「そういうことー。すみませーんポーション下さーい！」

元気よく店に乗り込む。店員は、人の良さそうなお婆ちゃんだった。

かなりお年は召されているようだけど、どこか貫禄がある。

「いらっしゃい。おや、見ない顔だね？」

「初めまして。今日からこの街に来たんです。ＨＰポーションって置いてありますか？」

「ほほう。お嬢さん運が良いね。ウチのポーションは自信作だよ」

お嬢さんだって！　なんだかこそばゆい。

お婆ちゃんは奥の戸棚をゴソゴソと探ると、瓶をひとつ持ってきた。

名前：初級ＨＰポーション
品質：Ａ
説明：超高品質の下級ＨＰポーション。ＨＰを30％回復する。クールタイムは四十五秒。
製造：ミランダ

「効果高っ！」

『なにこれｗ』

『配布されるポーションより10％も高いんだけどｗ』

『製造者まで書いてる』

『品質表示Ａって凄そう』

思わず、コメントの反応をうかがってしまった。

ざっと流し見しただけだけど、皆も効果の高さにびっくりしている感じがあるね。

「ふふ。そうさろう？　なにせ、この私……薬師ミランダ特製のポーションだからね。見たところ駆け出しみたいだし、初級で充分だろう？」

問いかけには、こくこくとうなずくことで答える。

このお婆ちゃん、もしかしなくとも結構なお方なのかもしれない。

「こんな凄そうなもの、買わせてもらって良いんですか？」

ここまで効果が高いなら、あちこちで引っ張りだこになりそうなものだけど……。

「いいのさ。私は気に入った子にしかお手製のものは売らないからね。お嬢さんは合格だよ」

そう言ってにやりと笑うお婆ちゃんもとい、ミランダさん。

何が良かったのかはわからないけど、降ってきた幸運は最大限活かすべきだろう。

流石に、ＨＰ＝命の構成を見抜かれた……とかじゃないよね？

「ありがとうございます！　じゃあ、買えるだけ買いたいです！」

「はいよ。それじゃあ……」

私は今日の狩りで得たお金もすべて精算して、買えるだけポーションを買わせてもらう。

帰り際に『ミランダさん、ありがとうございました』と頭を下げると、『これから頑張りなさいね』と激励をいただいた。

もう一度お礼を言ってから、店を出る。

「どこか不思議な方だったなぁ」

『雰囲気出てたね』

『歴戦の魔女かもしれない』

『もしかしてフラグ立った？』

「どーだろ。歓迎してくれてたみたいだし、今後もあの店使ってみようかな。いいもの見つけられてラッキーだったね！」

軽い気持ちでの探索だったが、良い出会いもあるものだ。

ますますワクワクするのを感じながら、もう少しだけ散策を再開。

街の南門まで着いたところで、今日は切り上げることにした。

明日からはまた外に出て色々と冒険してみようかな。

◇◇◇◇◇◇◇◇

「ん………」

自然と目がひらいた。ベッドから下りて、部屋のカーテンを開《あ》け。

窓をひらいて、外を見る。東の空に浮かんでいるお日様が眩しい。

時計は午前七時すぎを指していて、非常に好ましい時間に起床できたと言えるだろう。

軽く洗顔をすると、朝のゴミ出し。それから洗濯機を回し始める。

その間に食パンを一枚トースターで焼いて……上にハムとスライスチーズをのせて、ケチャップを薄く塗った。

簡易ピザトースト。手間がかからない割に美味しいし満足感も高いしで、朝食にとても良いんだ。

食事を終えると、学校の課題を引っ張り出して、開く。

こういうのは毎日やる方がちゃんと定着するし、夏休みボケの回避にも役に立つ。……たぶん。

しばらくのんびりと課題をこなしていると、ポーンと軽快な音が鳴り響いた。

奏だ。

「『起きた。やろ』……ふふっ。相変わらずだなぁ」

わかったとだけ返信して、課題を片付ける。

親友相手に余計な文言は必要ない。私はすぐにインクリの世界にログインした。

◇◇◇◇◇◇◇

三度目のログイン。そろそろ、この壮大な町並みにも慣れてきたところだ。

現在地は、昨日ログアウトした南門。連絡が無いってことは、ここで待っていればいいかな。

そうだ。予告すっかり忘れていたけど、配信開始しておこうか。

奏にも、なるべく放送しておくように言われているしね！

ぽちぽちとウィンドウを操作して、配信をスタート。同時に、私の周りをカメラドローンが飛び始めた。

昨日も触れたけれど、配信中はこの小型カメラが私の周りを自律的に飛び回って、よき塩梅のカメラアングルで撮影してくれているみたい。

なんというか、動きがかわいいんだよね。

「やっほ～皆さんおはよ～。今日も配信やってくよ」

『わこつ』

『おはよう』

『おはようございます』

『早朝ゲリラ配信とはレベルが高い』

『通知で跳び起きたわ』

カメラがこちらを正面から捉えているのを確認して、軽く笑いかけながら挨拶。

さっそく沢山のコメントが流れていくのを見て、思わず少しにやけてしまう。

「えへ。皆こんな早くからありがと～。通知で跳び起きたって、そこから開くまで早くない⁉」

『ガチ勢ですから』

『ガチ勢（二日目）』

『推しに時間は関係ないだろぉ⁉』

『見る側はベッドからでも観られるからねぇ』

「ガチ勢か～お世辞だとしても嬉しいよ。そっかそうだね～。私もよくカナの配信を耳元で寝ながら流してたなぁ」

『えっっっ』

『唐突な尊み』

『これが……百合……』

『カナユキ添い寝ですか』

「ちょっと待った。皆だって配信聞きながら寝ることだってあるよね？　むしろそういう話だったよね⁉」

『百合は観てる側がどう捉えるかなんやで』

『ワイらが百合と思ったら百合なんやで』

『暴論過ぎて草。わかるけど』

『→わかるんかい』

「なーんか納得いかないんだけど……？　まぁいっか。ともかく、みんな朝からありがとう。今日はこれからカナと待ち合わせして、朝の狩りと勤しむよ！」

『やっぱりカナユキじゃないか（歓喜）』

『早朝デート』

『デート（火葬）』

『デート（光線）』

「あーーーもうなんでもいいやっ‼　ともかく、もうすぐ来ると思うからもうちょっとここで待つよ」

『おけ』

『把握』

『眠いんで子守唄歌って』
『逆では⁉』
自由だ。あまりにもコメントが自由すぎる。
けど、なんて言うかな。悪くないよね、こういうの。
「子守唄歌ったら余計に眠っちゃわない……？」
『ええんや』
『眠らずとも耳が幸せになる』
『七連夜勤明けのワイに癒やしを、癒やしを……！』
『それは辛いｗ』
えー……どうしよう。正直歌うこと自体は慣れてるけど……配信だよ？　これ。
素人の子守唄なんて、誰得なんだ。
んー。どのみち奏が来るまでは暇だし……一瞬だけなら。
「……ちょっとだけだよ？」
『マ？』
『嘘やんｗ』
『唐突なリクエストに応える配信者の鑑』
『天使すぎて草』
くそぅ、持ち上げられるのに悪い気がしない自分がちょっとだけ憎い。

子守唄……ああ、一番有名なゆりかごのアレでいいか。落ち着く感じの曲だし、ぱぱっと歌うには丁度いい。

歌うのは、ちょっと久々かも。ちゃんと息を吸って――

「～～♪」

◇◇◇◇◇◇◇

通行人が盛んに行き来している、南門の手前。

そこには、小型の飛行カメラに向かってしきりに話している少女の姿があった。

この世界においては、配信している光景というのは特に珍しいものではない。

精々、可愛らしい少女が楽しげに喋っているという姿がちょっとした興味を引く程度。

道行く人々は少女に目もくれないか、一瞬視線をやってすぐに外す。

しかしその平常は、ある瞬間をもって完全に崩れ去った。

朝の涼やかな、それでいて晴れやかな空間に、突如として鈴の音が響き渡る。

先まで続いていた喧騒がたちまち止み、人々は足さえ止めてその音の出処を探った。

通りに響き渡る、透き通った唄声。聴き入る人の心まで染み渡る、天性のボイス。

果たしてそれは件の少女の歌声であると気づいた者は、一体どれほど居ただろうか。

一分にも満たないほどの、長い一日に比べれば刹那の時間。

しかしそのソプラノボイスは、聴いていた全ての人々の心に刻み込まれた。

◇◇◇◇◇◇◇

「……はい！　おしまい！　歌ったよ。文句ないよね⁉」

歌い終わった瞬間、一気に気恥ずかしくなって、思わず投げやり気味にコメントを求めてしまう。

だけど、これまでずっと速すぎるほどに色々と返してくれていた皆から、何も反応がない。

「え、あれ？　おーい！　黙られると不安になるんですけどー⁉」

カメラに向かってぶんぶんと手を振ってみる。

え、どういうこと。ある程度歌いなれているつもりではあったんだけど、一気に不安になってきた。

『すまん、放心してた』

『うまくね？？？』

『理解を超えた』

やっと、ちらほらとコメントが表示され始める。

それを見る限りでは、大失敗したわけではないっぽい。

「あ、良かったぁ……いや、歌にはほんの少しだけ自信あるつもりだったから、急に反応消えて怖くなっちゃったよ」

『ほんの少しとかいうレベルじゃない』

『切り抜き不可避』

『もうやってるんだよなぁ』

『有能か？？？？？』

『天使や……天使はここにいた……』

『もう思い残すことはないわ（昇天）』

『夜勤の人ぉ⁉』

「ちょっと⁉　まだ逝っちゃやだめだからね⁉」

良かった。反応は悪くなかったみたい。むしろ、予想の上かも。

少し……いや、かなりこそばゆいけれど、まぁ受け入れられてよかったと思おう。

コメント欄も、すっかりさっきまでの調子を取り戻した。

さっきの七連夜勤明けの人が、『夜勤の人』って皆に認識されちゃったのがちょっとおもしろい。

これ、たぶん当分というか今後ずっとそういう扱いされちゃうんだろうな。


さて、と。そろそろ……あ。


「ユキいいいい！！！」

叫びながら、大通りをものすごい勢いで駆けてくるナニカの姿が目に飛び込んできた。

ワイルドボアが可愛く見えてくるほどの、猛突進。

思わずカメラにそう問いかけてしまった私は、悪くないと思うんだ。

「あー……逃げて、いい？」

「最近、歌ってって言っても歌ってくれないくせに、私のいないところで歌うなんて！」

私の名前を叫びながらイノシシ顔負けの突進をかましてきたこの少女こそが、親友である奏。

友達としての贔屓目を抜きにしても、美人という表現が似合うはずの彼女だが……今はそんな雰囲気が欠片も見当たらない。

「目の前で言われて歌うのは恥ずかしいって言ってるじゃん！　それに一分も歌ってないよ！」

「それでも逃したのは悔しいの！　万単位の人が聴いたものをウチが聴けてないなんて！」

ぐっと顔を寄せてくる奏に、思わず気圧されてしまう。

「あーもうわかった、わかったから！　今度カナの家行った時なにか歌うから。ほら、カラオケいこ？　最近行ってないもんね」

「やりぃ！　約束だからね」

ごねごねモードから一転。満面の笑みでガッツポーズを決める親友の姿に、思わずため息が零れた。

まったくもう、昔からゴネだしたら聞かないんだから……。

『唐突に始まる百合』

『距離感の近さよ』

『飛び込むカナも平然と受け止めるユキも大概』

『もはや夫婦?』

『妻のリクエストを拒めない旦那……アリですね』

「いや無しだよ!! そもそもその置き換え自体が無しだよ!?」

目を離している隙に、コメントが物凄い方向に飛躍していた。

私たちの距離感が近いのは認めるけど、夫婦ってもはやなんなんだ。そしてなんで私が旦那なんだ!!

「まぁそういう訳で、この子がウチの親友、ユキや」

唐突に自身の配信用カメラに向き直ると、澄ました顔で口を開くカナ。

「ユキです。ゲームも配信も初心者だけど、楽しんでやっていけるように頑張るよ!」

両手をぐっと握って、笑う。

カナが満足気にニヤニヤとしているので、これで問題ないだろう。

「こっちの方も。知ってる人の方が多いと思うけど……彼女が、カナ。いつもカナちゃんねるってところで配信してるよ」

「おおきに。カナちゃんねるのカナや。ユキとはもう長い付き合いでな? 本来、配信もゲーム自体も全然触《ふ》れへん子やから……説得すんのはほんま骨が折れたわ」

「あはは。カナが学校の課題以外であれだけ必死になるのって凄く珍しかったよね」

「いや、課題なんかよりよっぽど真剣やったな。この世界ならユキとも思う存分遊べる――思うたからね」

急に真面目な顔をしたかと思うと、にやりと笑ってみせるカナ。その不意打ちに、思わず言葉が詰まった。

「それに……配信、楽しいやろ？」

「――うん！」

『なにこれ』

『てぇてぇ』

『不意打ちはよくないとおもいます』

『ええんですかこんなものみせてもろうて』

『→移ってんでw』

『関西弁聞いとるとうつるの、あるあるやんな』

『わかる』

『せやな』

「……コホン！　いつまでもグダグダしてたってしょうがないし、狩り行こ！」

気恥ずかしくなってきたので、早々に切り上げるよう促す。

カナも同意はしてくれたようで、ぐっと親指を立ててきた。

「ほな、どこいく？　とりあえず近いし、このまま南行こか」

「そうだね。いけるところまで行ってみようか」

『いけるところまで』

『とりあえず』

『この時は知る由もなかった』

『少女ふたりが、適当なノリでエリアボスを突破してしまうことを……』

「あはは。案外やれるんじゃない？」

「ん？　なにがや？」

「私達だけでエリアボス倒せちゃうんじゃないかなーって」

「当然やろ？　そのつもりで行くで！」

にっと笑うと、そのまま駆け出してしまう。

相変わらず、親友《カナ》は頼もしい。

そんなことを考えながら、私もあとを追った。


暫く進むと、無限に草原が続くかに思われた北とは打って変わって、風景に変化が感じられた。

と言っても、山や木々が増えたわけではなく、草原が湿地になったといった程度だけど。

「あ、早速モンスターがいるよ？」

「ん。このへんはうちに任せとき……【ファイアボール】」

視界に入ってきたのは、薄い水色をしたアメーバのような流線形の生物。

ゼリー状の身体を引き摺るようにして、こちらに向かってきている。

名前：スライム
LV：2
状態：平常

RPGの王道、スライム。作品によって色んな特徴やら派生系やらがある代表格ではあるけど……今回は、ごくごく普通っぽい。

カナのかざした右手から巻き起こった炎によって、一瞬で蒸発させられてしまった。

「ま、こんなもんよな」

「カッコいいね！　炎」

「やろ？　これからどんどん凄くなるはずやで」

「楽しみだなー。カナのことだから、花火ーとかやってそう」

「ええねそれ！　空に打ち上げて、大爆発！」

「どーん☆ってね」

『ひぃ』

『この二人、可愛い顔して結構えげつない』

『きたねぇ花火だ……ってやるんですね分かりま（』

『嬉々としてやってそうだなぁ』

「酷いなぁ。私はあくまで提案しただけで、なにもしないよ？」

『提案する時点で同罪なんですがそれは』

『なんならユキもそのうち空に聖なる柱でもぶちあげるんでしょ』

『こわっ』

『天の怒りを受けなさい！　ってか』

『神の裁きかもしれん』

「あーあー好き勝手言ってくれちゃって」

相も変わらず、遠慮の無いコメント群である。

でも、神の裁きか……おあつらえ向きに聖属性だし、案外かっこいい……かも？

「ほれほれ、そうこうしてるうちに、次きたで」

言われて前方を見てみれば、派手な明かりに釣られたのか結構な数のスライムが寄ってきていた。

さて私もやってやろうかと前に出ようとしたところを、手で制される。

「まーまー。ユキに任せると時間かかるやろ？　ザコはウチが一掃するわ」

「んー、確かに。じゃあ、任せる」

『早っ』

「いいの」

『即座に退くのね』

『流石に数多そうじゃない？』

「ん？　ああ、カナがいけるって言ったらぜったい大丈夫だから。いいの」

私が言い切るよりも早く、カナの手から炎が迸る。

先ほど発射された燃え盛る火球と違い、今度は火炎放射器のように広範囲を薙ぎ払っていった。

「どや？　火属性魔法のⅡで覚える、【ファイアブレス】や」

「迫力満点!!　映画見てるみたいだった！」

一面の焼け野原。残っているスライムは一匹もいない。

文字通り、焼き尽くしたみたいだ。

『この信頼感。まさに夫婦』

『流石やでぇ』

『これが……ファイアブレス……？』

『ワイの知ってる火魔法じゃない』

『大魔王様の最下級魔法は我らの最上級魔法ってそれ一億年前から言われてるから』

『マオウ、コワイ』

「あはは、こっちで魔王って呼ばれてる」

「ほーん？　いま魔女呼ばわりしよったやつと合わせて、今晩南門前な？」

わざわざカメラを睨みつけるようにして、言い放つカナ。流石だね。カメラ慣れしてるというか……。

期待通りに沸き立つコメント欄を見て、勉強になるなーと思った。

「さて、そろそろエリア変わるかな？」

「せやな。こっから先はけっこう被害報告で話題になってたところや」

「ふーん……まぁ、問題ないでしょ！」

「楽勝楽勝。猪だって簡単に捌けた訳やしな」

「だね！　ガンガンいこー！」

まもなく第二エリア。新しい顔が見られることだろう。

まぁ、それに関しては言葉通り、問題ないと思う。一人だけならまだしも、カナと一緒なんだ。

負ける気がしない。

このまま一気にエリアボスとやらまで倒してやりたいぐらいだ。

前を歩きながら炎をばらまいていくカナの姿は、とても生き生きとしていて。

――ああ、楽しいなぁ。

心からそう思った。


【満腹度が減少しています】

そんな調子で湿地帯を進んでいると、不意にインフォメーションが鳴り響いた。

ステータスを確認。たしかに、胃袋ゲージが三割を下回っている。

「およ。お腹減ってるって出たよ」

「ん？　あー、そっか。昨日の探索と合わせたら、もうそんなもんか」

「時間がたつのは早いねぇ。携帯食料で済ませちゃって良いんでしょ？」

「パパっと回復できるしな。そのうち調理方面が発展すれば、持ち運びできる料理アイテムも出てくるやろうけど」

初日もちょっとだけ触れたけど、この世界には満腹度という概念が実装されている。

一定時間ごとにちゃんとお腹が減り、一割を切るとそこから徐々に能力値減少などのペナルティがかかるんだって。

回復するには、ご飯を食べること。簡易に済ませたければ、初期から支給されて補充も簡単な携帯食料というものがある。

ちょうど初期物資の一環として持っているんだし、ぱぱっと食べちゃおうか。

「……うん。味はしないね」

「所詮は支給品やしな。しゃーない。料理方面も、街のレストランとかにいくかプレイヤーたちで移動用の食料を開発するかしてくれってことやろ」

「おいしいサンドイッチとかたべたいなぁ」

「わかるわー」

因みに、ご飯を食べるだけじゃなくて、ポーションみたいな飲み物を服用することでも少しだけ満腹度は回復する。

あと、こちらは正直事故みたいなものだけど……死に戻りすれば、空腹度合いはリセットされるね。私は初日からそれを体験しているわけだけども。

「あ！　みて！　なんか違うやつがいるよ！」

「ほんまや……色違いか？」

そうこうしているうちに、気づけばS2エリアに入っていた。

あちらこちらに小さな池が散見されるようになり、どこか水っ気が増えている。

前方に見えてきたのは、先程までのスライムより一回りほど大きいもの。

何より目立つのが、その体色。なんと、黄色に染まっている。

名前：イエロースライム
LV：7
状態：平常

「ほほう。イエロースライム……どう見ますか？　プロゲーマーのカナさん」

「プロゲーマーじゃなくてプロストリーマーだって言ってるやろうに……。えーとアレやな。上位個体ってところちゃいます？　レベルもサイズもでかい」

ああそっか、なんだっけ。企業と契約しているのは同じでも、選手として大会に出る形と、あくまで配信者としてだけ所属するのとで違うんだって前に言ってたね。

「ふむふむなるほど。上位個体ですか」

「せや。スライム系は色や大きさが変わるのが常道。色に合わせた属性を持つのも多いな。今回は雷でも撃ってくるんちゃうか？」

なるほど、雷ねぇ。

魔法を使ってくるとなると、これまでみたいにカナが前に出続けるわけにもいかない……かな？

すっと、カナの前に立つ。言葉を交わすこともなく、彼女も後ろに下がった。

『すっと入れ替わったな』

『言葉はいらない』

『本当にゲーム初心者？』

『ゲーム力以前に親友力が段違いな件』

ふふふ。カナとの呼吸に感心されるのは素直に嬉しいね。

さて、相手はどうくるか。

「とりあえず……【ＧＡＭＡＮ】」

イエロースライムを見据えて、仁王立ち。どんな攻撃でも、揺らぎはしない。

それに対して奴の行動は、果たして魔法だった。

ふるふると震えた流線形ボディから、黄色の球体が飛んでくる。

明らかにバチバチとしているけれど、もう使っちゃったから避けることも出来ない！

「っ……あれ？」

「ん、どした？　【ファイアボール】」

身構える私に、雷撃のボールが直撃……したんだけど。

……あれぇ？　思ったよりも、全然痛くない。

「いや、思ってた衝撃が来なかったというか、なんというか……あ、燃えた」

「そりゃ当たり前でしょ。あんたの体力いくつあんのよ」

釈然としない想いを伝えているうちに、イエロースライムはあっさり燃え尽きていた。

体力を見てみる。減ったのは……3％ってとこ？

……ああ、なるほど。

「3％くらいしか減ってない」

「やろ？　たかだか三十分の一程度の攻撃をくらった程度で揺らいでたまるかいな」

確かに。これまで受けた攻撃、どれもそれなり以上には重かったもんね。弱いのだとこんなものか。

最初の兎さんも、そういえば見た目ほどは衝撃を受けなかったかも。感覚が麻痺していたみたい。

『おかしい』

『カラースライムの魔法、結構痛いはずでは……？』

『弱い攻撃扱いしている顔ですよこれは』

『ま、まあ単発単体だからね』

『うーーーん』

「因みに、数値としてはどのくらいやった？」

「んーと、１００いかないくらい」

「ああ、ウチが受けたらワンパンやわ」

『１００は普通に痛い』

『三桁が既に痛くないってなんなの？』

『カナは一撃なのかｗｗ』

『レベル一桁なのに既にもうＨＰに三十倍の差がある親友ズ』

『極端がすぎる』

ほえー。もうそんなに差がついてたのか。

まぁ、こちとらＨＰに全振り。カナは聞いたわけじゃないけど多分一も振ってないだろうからね。

「ま、そういう訳やから……護ってや？」

「ふふっ。任せなさい。後ろにいててね」

どんと胸を叩いて、任せろとアピール。

大丈夫。攻撃は一本も通さないよ！

『あー尊い』

『小さい方が大きい方を背中に庇うのって、凄くロマンあるよな』

『わかる』

『わかる』
『（胸が）小さいほう』
「はいそこギルティ。神の裁きね？」
『ひぃ』
『自業自得』
『言葉、気にいってて草なんだが』
『まさかの正式採用』
『光栄すぎるw』
どうやって無礼者を処してやろうか考えているうちに、前方にまた敵影がみえた。
今度は三匹。青、黄、赤の三色……って。
「信号機かいっ!!」
背中のほうから、痛烈なツッコミが飛んできた。
あはは、早いね。

名前：ブルースライム
LV：7
状態：平常

名前：レッドスライム
ＬＶ：７
状態：平常

初見の二匹は、そんな感じ。多分だけど、水担当と炎担当かな？

しっかりとカナの前に出て、スライムたちを牽制する。

「……来い。【ＧＡＭＡＮ】」

仁王立ち。使った瞬間に、三体の敵意が一気に向けられたのを感じた。

三色のスライムから、一斉に魔法が飛んでくる。

大丈夫。どれもまっすぐに私狙いだ。

「とっ……カナ！」

「はいよっと……【ファイアブレス】」

三つとも、確実に受け止めた。

同時に背後から火炎が放射され、青と黄色のスライムを燃やし尽くす。

「チッ！　やっぱ赤は火耐性もちかい！」

「『解放』任せて。天罰!!」

生き残っていた赤のスライムを、光線が貫いた。

無事に倒しきれたようで、後には何も残っていない。

「やったね！」

「ナイス連携！」

三体とも支障なく処理出来たことを喜び合い、ハイタッチする。

えへへ。楽しいね。

【只今の戦闘経験によりレベルが9に上がりました】

「お、レベル上がったよ？」

「ウチもこれで7やわ」

「順調だね！」

『レベルアップおめでと』

『鮮やかだった』

『お互いが求める頃には既に動いているの凄いよね』

『ほんそれ』

「みんなもありがとー。どんどん行くよ！」

「このままエリアボスまで行くで！」

おー、と小さく右手を突き上げる。

少し歩くと、また前方にスライムが見えてきた。

今度は、黄色が二匹と、緑、青、赤の総じて五匹。

名前：ウィンドスライム
LV：7
状態：平常

「おー。けっこう多いね？」

「それがこのエリアの特徴や。気を付けんと属性スライムの波に呑まれてまう」

「なるほどー。まぁでも？」

「問題なしってな！」

即座に【GAMAN】を使用。

スライムの攻撃は直線的でしかないようで。立ち位置さえ気をつければ、問題なく私がすべての攻撃を受け持てる。

そうして出来た隙を、うちの大魔女が逃さず燃やし尽くし。

最後に残る赤いスライムは、聖属性のカウンターで消し去った。

「完璧や！」

「流石カナ！」

「ユキも抜群やで！」

「えへへー」

一切の危なげなく、五体のスライムも処理。

この分なら、このエリアは全く問題ないね。

『この二人、盤石すぎる』

『本当に二人か？』

『怖いもんないな』

『相性良いのもあるけど、凄いわ』

コメント欄の盛り上がりが、また私にさらなる元気をくれる。

これは本当に、エリアボスまで届いちゃうかもしれない。

さあ、この調子でいけるところまで行ってみようか。


親友と二人、湿地帯を突き進むこと小一時間ほど。

道中、四色のスライムが度々襲ってきたものの、大した障害にはならなかった。

ワイルドボアを狩りまくっていたら親玉が出てきて轢《ひ》き潰された……ということも起きず、

ただただ順調。

私達しか見当たらない影響もあってか狩りの効率は非常によく、ついさっきレベルも10になったところだ。

「いやー順調。楽しいね」

「せやね。ユキと遊んでいるだけで最高に楽しいけども、やっぱ上手くいってるとなお良しや」

『またこの娘は』

『天然にぶち込んでくる惚気』

『いいぞもっとやれ』

「あはは。カナはド直球でしょ。そういうさっぱりしたところが好きなんだ」

『おまえもか』

『好き』

『ι(´Д`υ)アツィー』

『唐突な顔文字やめろｗ』

ふふふー。仲の良さには誰よりも自信があるから。

今、面白い顔文字が流れてきたね。そんなのもあるんだ。

「……ん？　なんか見えてきたで」

カナの声に、意識を前方に集中させる。

見えてきたのは、丸いワープポータルらしきもの。

赤に縁取《ふちど》られたその先は異空間のようになっていて、見通すことは出来ないようだ。

「……もしかして、これが？」

「この先に、ウチらの求めるもんがあるってことやろうな」

エリアボス。このゲートを越えた先に、待ち構えているんだろう。

忘れずにステータス画面を開き、ポイントを振っておくことにする。

名前：ユキ
職業：重戦士
レベル：10
ＨＰ：２５５８／２５５８
ＭＰ：０
右手：なし
左手：なし
頭：バンダナ
胴：革のよろい
脚：布のズボン
靴：革のくつ

物理攻撃：0
物理防御：8
魔法攻撃：3
魔法防御：3
VIT：145（+10）
STR：0
DEF：0
INT：0
DEX：0
AGI：0
MND：0
所持技能：最大HP上昇　自動HP回復　GAMAN　ジャストカウンター　致命の一撃　聖属性の心得
称号：創造神の興味
残りポイント　0（－10）

ＨＰは、とうとう２５００を超えた。

夢の大台まではあと四倍。うーん、遠いね！

だが、これだけあれば問題は無いだろう。

それに、なにより。

隣を見る。目が合った。

親友《カナ》がにっと笑い、私も頷く。

――さあ、行こうか！

◇◇◇◇◇◇◇

ゲートをくぐった先は、大きな沼地だった。

辺りに目立った木々は無く、せいぜいいくつか大岩がある程度。

地面は非常にぬかるんでいて、かなり戦いにくそうな感じがある。

……まぁ、私たちには関係ないけど。

なにせ、激しい動きをまったくしないからね。

「なるほど。ボスだけは完全に独立したエリアなんやな」

「みたいだねー。さて、何が出るかな？」

『蛙とか』

『大蛇的な何かかもしれない』

『エリアの特徴を踏襲するなら、ビッグなスライム？』

『ありそう』

視聴者さんたちも賑やかに予想をしている。

うん。確かにボススライム説はありそうだなぁ。

沼地であることを考えると、地中から出てくる可能性が高いだろう。

カナも同じ考えのようで、何が出てきても良いように油断なく見据えている。

「――っ⁉」

唐突に上から向けられた敵意。

咄嗟にカナの手を引いて、その場から離れる。

離脱した瞬間だった。

先程まで居た場所に巨大な物質が落ちてきて、ズシンと地面が震える。

「なっ」

「上、から⁉」

名前：キングスライム
ＬＶ：15
状態：平常

S2　エリアボス

見上げるほどの巨体。

いったいスライムを何匹重ねればここまでになるのだろう。

思わずぽかんと口を開きそうになった瞬間。刺すような敵意が、身を貫いた。

「やばっ、【GAMAN】！」

反射的にカナの前に立ち塞がり、敵を見据える。

その瞬間、スライムの身体から一本の太い触手が生えてきたかと思うと、強烈な勢いで叩きつけてきた。

「ぐうっ⁉」

斜めに振るわれた触手の直撃を受けて、大きく吹き飛ばされる。

横目に確認したHPバーは10％強も削られていた。

間髪容れずにカナの元から放たれた大炎が、緑の巨体を焼き焦がす。

一瞬だけ奴の動きが怯んだ隙に、なんとか立ち上がって。

「まだ、大丈夫！」

「りょーかい、やっ！」

カナとの間には、言葉は最小限でいい。

しっかりと意図を酌んでくれた親友により、またキングスライムが炎に包まれた。

大丈夫だ。まだアイツの敵意は私に向いている。

改めて言及したことは無かったけれど、【GAMAN】を使うとやたら敵から嫌われるってのは間違いないみたい。

カナに昔おしえてもらったヘイトコントロール……だっけ？　アレを意識しているわけだけども、思った以上に向こうさんからのヘイトが消えない。

意識して不敵な笑みを作り、キングスライムを見据える。

「……ほら、もっと来い、よ！」

魔物相手に、言葉での挑発が効くとは思えない。ただ、こっちの気分がノっただけ。

けれど、心なしか向けられる敵意が強まった気がした。

二本目の触手が生えてきた。

鋭く尖った先端が私の右肩を貫いたかと思うと、間髪容れずに迫っていた最初の触手が猛烈な勢いで薙ぎ払う。

「まだまだ……だよっ！」

直ぐに立ち上がって、にやりと笑ってみせた。

こちらのＨＰには、まだまだ余裕がある。

どうやら、『行動』をしようとする動きは禁じられるけど、ちょっと姿勢を立て直すだけくらいなら大丈夫らしい。

まあ、ＲＰＧとかでも、自分のターンが回ってくるまで身じろぎ一つしないなんてありえないもんね。

そんなどうでもいい考察もできちゃうくらいには、心にも余裕があった。

「ほれほれ、ユキばっかみててええんか？」

三度《みたび》放たれた魔法により、キングスライムの身体に火柱が立ち上る。

流石の威力……………だけど、ちょっっと不味いかも！

「カナ、下がって！」

流石にダメージを与え過ぎたのか、私への敵意が一瞬薄まった。

このままだと、カナにヘイトが向かってしまう。

そっちを狙われたところで、私が射線上に割り込んで庇えばいいっちゃいいんだけど……この敵の感じだと、触手を上手く使って私を無視してカナを攻撃されそうなんだよね。

そうなってしまえば、ゲームオーバーまっしぐらだ。カナがいないと、火力が足りない。……たぶん。


だからこそ、そうはさせない。

「『解放』――お返しだぁ！」

充分に溜まったダメージを全てエネルギーに変換し、渾身のビームを撃ち放つ。

それは狙い通り大きくキングスライムを揺るがせ、またヘイトをこちらに向けさせることに成功した。

怒りに震える巨体から振り降ろされた二本の触手が、私の身体を打ち付ける。

正直、かなり痛い……けど！

期待通り。この戦闘四度目の火炎が、スライムを包み込む。

残り少なかったボスのＨＰバーが、見る間に減少していって。

これで終わってくれると思うと同時に、何処か、まだ緩みを許してくれない心があった。

そんな半ば直感に近いものを信じて、カナの元へ走り出す。

速度はない私だけど、先に動いておけば――！


果たしてそれは正解だった。

かろうじて踏みとどまったキングスライム。立ちのぼる煙の中、最後の力とばかりに高速で触手を伸ばしてきている。

狙いは、カナ。

私に攻撃手段が無いことを読まれているとは思えないけれど、本能的に、カナが唯一の脅威だと察しているのかもしれない。

実際、ここで彼女が落とされでもすれば、私たちは万に一つも勝てなくなる。

――落とされれば、ね。

間に合った。

親友の前に、立ち塞がる。

「ユキ⁉」

「守るって、言ったからね‼」

刹那。強烈な衝撃が、身体を襲った。

薄くなる意識と共に、感じる浮遊感。

空高く打ち上げられたと気付いたのは、すぐだった。

辛うじて残ったＨＰは、なんとたったの３。

この高さだ。落下ダメージもちゃんとあるこの世界、私が二度目のデスを貰うのは確定だろう。

「……ま、もんだい、ない、よね」

五度目の大炎。

キングスライムが確実に燃え尽きたのを、この目の端に捉えた。

私たちの、勝ちだ。

……私だけ落ちちゃうのは、ちょっと悔しいけど。

けどまぁ、上出来でしょ。

満足感と、少しばかりの悔しさ。

目を瞑って、落下の硬い衝撃に身構える。

――けれど、それは何時まで待っても来なかった。

「あのー、はやく目ぇ開けてくれませんかね？」

「ふぇっ」

耳慣れた声が聴こえて、反射的に目を開ける。

そこにあったのは、まるで悪戯が成功した子供のような笑みを浮かべている親友《カナ》の顔だった。

「え。ええっ⁉」

「非力な魔法使いでも、受け止めるくらいはできるよねーーっと」

混乱する私の頭をそっと撫でると、カナはゆっくりと私を地面に下ろす。

そして、最高の笑顔を浮かべた。

「やったな。ボス勝利や！」

「――うんっ‼」

◇◇◇◇◇◇◇◇

【只今の戦闘経験によりレベルが13に上がりました】

【只今の戦闘経験により『カバーリング』を修得しました】

【只今の戦闘経験により『第六感』を修得しました】

【S2エリアボス初討伐報酬によりボーナスポイントが付与されます】

【S2エリアボスを全ワールドで初めて討伐した報酬によりボーナスポイントが付与されます】

落ち着いたところで、色々と流れていたインフォを回復しながら確認する。

……カナのHPが半分以下なのは、まぁたぶんそういうことだよね。……ありがとう。

まず触れるのはレベルかな。10だったものが一気に13になっていた。さすがボスってところか。

【カバーリング】と【第六感】は技能っぽい。生えてきたのは久しぶりだね。

技能：カバーリング
効果：半径一メートル以内の味方が次に攻撃を受けた時、受けるダメージを一度だけ肩代わりする。効果は重複しない。クールタイム三十秒。

ほーう。ダメージを肩代わりできるのは大きいね。

正直なところ、範囲攻撃ってやつが来た時点で終わりだっていうのは、カナと二人で危惧していたところ。

広範囲じゃなくとも、私を無視して狙い撃ちされると追いつかない可能性のほうが高いし。

これは保険として、とても良い技能かもしれない。

技能：第六感
効果：直感が強化される。身を脅かす恐れのある攻撃の察知しやすさに上方補正。

こちらは随分と曖昧なものだ。

昔から敵意や害意といったものには敏感なんだけど、どうもこのゲームでもそれがなぜか発揮されているような気はしているんだよね。

その辺りの察知能力が強化されるって感じかな。

「ん。ボーナスポイント？」

「ほら、レベルアップの時に貰えるポイントあるやろ？　ボス倒したらそれ貰えるんや」

「へぇー！　ボス一体につきレベル一個分か。有難いね！」

初討伐で5P、ワールド全体での初討伐でまた5P。

実質二つレベルアップか。強い！

『こういうのって積み重ねが物を言うよね』

『エリアボス討伐ツアーが起こる』

『一エリアで必ず一レベル盛れるの強いよな』

「そうだねーー。強くなりたいならちゃんと各エリアのボス倒せってことか」

「せやなぁ。まぁそこまでガチらないにしても、ステータスは高いに越したことないから。気が向いたら倒しといた方がいいかもな」

うんうんと頷く。第二エリアだけでも、あと三種あるもんね。

それに、ゲームが進んだら、一つのボスあたりでもらえるポイントが増える可能性もあるのかな。

あれ？　そう言えば……。

「フィールドボス……だっけ？　あいつはポイントもらえるの？」

「ん？　あーどうやったかな……結局β含めて倒されたことがなかったせいで不透明なところが多いかな」

「ふーん……」

『なんか見えない？』

『奇遇だな』

『炎が見える』

「アハハ。負けず嫌いがでとる」

「あの猪さん、絶対私が倒すもん」

キングボアと言ったか。あいつに完敗したのは、今も記憶に新しい。

……いや、昨日のことだから当たり前だけど。

「まぁユキのことやから諦めるわけないとは思っとったけど……どうする？　手伝おか？」

含み笑いをもらしながら、そう聞いてくるカナ。

ふーん……
なんか見えない？
奇遇だな
炎が見える
アハハ、負けず嫌いがで

確かに、彼女の火力があるだけでも難易度は全然違う。もう少し鍛えればすぐにでも倒せるだろう。

でも、そうじゃないんだよね。

「もう。わかってて聞かないでよ」

「一応確認ってやつや。ま、たしかに分かってたけどな」

むぅ、と頬を膨らませる。

カナの表情は、からかい半分、応援半分と言ったところか。

「キングボアは、一人で倒してみせるよ。だいぶかかりそうだけどっ」

「レベルも段違いやしな。体力どのくらい要りそうなんやっけ」

「んーー……五桁あれば問題なく勝てそうって感じかなぁ」

二千を超えていたHPで殴った時でさえ、削れたのは二割程度。

倒しきるにはやはり一万以上は必要になってくるだろう。

もちろん、これから手に入る技能とか次第でまた変わってくるんだろうけど。

『五桁ｗｗ』

『もはや世界がおかしい』

『目標五桁ってそういうこと？』

『ああ』

「ん？　あーそれはまた別かなぁ。五桁乗せたいっていうのは、単純に桁数増やしたいなって。ほら、スケールがちがうじゃん」

「ユキと話しとると常識がぶっ壊れそうになるわ」

『わかる』

『わかるけど』

『大魔王様が言っていいセリフじゃない』

「あはは。大魔王様は言う資格ないって言われてるよ」

「よしそいつ処刑な」

『ぴいっ⁉』

『密告いくない』

『今日だけで何人処されるんだ』

話に花を咲かせているうちに、いつの間にか目の前にはワープポータルが展開されていた。

さっきと違うのは、緑の色。

「今度は、緑？」

「普通の移動用が緑で、ボスフィールドに飛ぶのが赤ってところちゃうか？」

なるほどねーと呟き、ゲートをくぐる。

通り抜けた先は、さっきと同じ湿地帯だった。

「あ、また赤くなってるよ」

「ほほー……」

ここについた時と同じ、赤くふちどられたワープポータル。

それを確認したカナの目が光った。

「なぁ、ユキ？」

「うーん……あと二時間くらいなら、いいよ？」

「センキュー！　助かるわ！」

『二人の世界』

『暗号でもあるんですか』

『明らかに情報量が足りないw』

『探索続けるってこと？』

「あ、えーとね。そうじゃなくて……よっと」

『え』

『は？』

『入ったww』

説明するより早いだろう。ボスのワープポータルを潜り直す。

転移先は変わらず沼地。間もなく、カナも追って来た。

「お？　なんや。今回はもう居るんか」

「ほんとだ。さっきのは初見殺しなのか、ランダムなのか」

前方やや離れたところに、キングスライムがいる。

レベルは15。サイズを考えても、先程と全く同じ相手と言ってよいだろう。

さっきみたいに奇襲をかけてくるってこともなく、沼の中央に鎮座していた。

「とりあえず、連戦できるのは確定みたいやな」

「そうだねぇ。リポップ……っていうんだっけ。出てくる位置だけ変更があるのか、次よくみとかないと」

流れるようにカナが炎を撃ち込むと、私はいつも通り【GAMAN】を展開。

触手の薙ぎ払いが飛んでくるのに合わせて、二発目の火球がキングスライムの身体を焦がしていく。

「んーー。ステータスとか行動とかも特に変化は無しっぽいな」

「じゃ、問題なし?」

「寧ろ、大分短縮できるんちゃうか? 【ファイアボール】」

カナの三発目の魔法。それは期待通りボスに大ダメージを与え、キングスライムの敵意が私から離れた。

やっぱり、レベルが上がった分かなり威力が上がっているね。さっきまでより、削れ具合がかなり大きい。

すぐさま『解放』してぶつけることで、ヘイトをこちらに向け直すことに成功した。

怒りに任せた二本の触手による打撃が、襲い来る。

非常に強力ではあるけれど、私を落とすには至らない。

衝撃も、もうどんなものが来るかわかっているしね。

容赦なく放たれた火炎に呑み込まれたエリアボスは、そのまま姿を消した。

「はい、いっちょあがり」

「いま炎四発だった？」

「せやね。一回目の時かなり惜しかったから、魔力上がった今なら余裕かなって」

「なるほどねー。それで、感想としては？」

そう聞いてみると、カナはにやっと笑ってみせる。

「バッチリや。一周五分そこらやし、これはなかなかウマイで」

『なるほど』

『いや草』

『把握はしたが理解ができねぇ』

『そういうことかｗｗｗｗ』

『どういうこと？』

『周回……？』

カナのやりたいことに気付いたコメント欄が、騒然としはじめる。

そう。ボスに連戦出来るなら、高速で倒せば効率良く経験値を得られるのではないか。

カナが言いたいのは、そういったところだろう。

実際問題、私のＨＰさえ回復してしまえば連戦に不安はない。

とくに事故ることもなく、高速でキングなスライムを討伐し続けられるだろう。

「ほな、まだ行けるな？　行くで！」

「目標は？」

「10!!」

「おーー!!」

『あたおか』

『10ｗｗｗ』

『サービス二日目にエリアボス周回されるなんて想像できただろうか』

『運営は泣いていい』

すぐさま回復だけを済ませると、再度ボスに挑戦。

他にプレイヤーがいない事もあり、私たちの挑戦は迅速に、かつ円滑に繰り返された。

相性が抜群に良いのもあって、ミスさえしなければ失敗することもない。

哀しいかな。確かに、ほんの少し前の私たちはあいつに苦戦した。しかし、それはあくまで初見だから。

種も全て割れてしまった今、もはや障害にはなり得ない。

結局、キングスライムサンドバッグの会は、私が落ちるタイミングとなり解散するまで続いたのだった――

閑話　とある放送のコメント履歴

『お』
『なんか見えてきたね』
『なにあれ』
『ゲートだ』
『ゲート？』
『各エリアの最後においてある転移ゲート。越えた先にエリアボスがいる』
『ほう』
『なるほど』
『解説ニキ助かる』
『行くのかな？』
『行くやろ』
『ステータス開いてるし行きそう』
『最終確認ってところか？』
『レベ10かぁ。ＨＰに全振り続けるんだろうな』

『もう2500乗ったかな?』
『乗ってそう』
『恐ろしすぎるんだよなぁ』
『えっっ』
『今、目が合ったの尊すぎんか』
『息合いすぎ』
『同時にお互いを見るの尊い』
『頷きあっていっしょに乗り込むとかアニメか⁇』
『アニメだ』
『尊み』
『お。ボスマップに出た』
『沼?』
『ジメジメしとるなー』
『やりづらそう』
『ボスどこ?』
『いないね』
『後からポップするんじゃないの』
『何が出るかな』

『なるほど』
『蛙とか』
『化けガエルありそう』
『大蛇的な何かかもしれない』
『魔法無効とか出たら草だよな』
『序盤も序盤だし流石に』
『出てこんな』
『エリアの特徴を踏襲するなら、ビッグなスライム？』
『あーー』
『ありそう』
『てかそれしかなさそう』
『敵は何処……？』
『は？』
『草』
『まさかの上からｗｗｗ』
『手を引いて二人で避けるの尊い』
『もはや何でも尊いな』
『さりげに、今の化物で草』

『反射神経えぐくない？』
『もはや読んだとしかおもえん』
『ＡＧＩ無いもんね。先動かないと間に合わない』
『ニュータイプなんじゃない？』
『ほんとにボススライムだったか』
『デカすぎるｗ』
『もはや山じゃん』
『キングスライムｗ』
『戦略的には当然だけど、毎回立ち塞がるのグッとくるなぁ』
『は？』
『まってｗ』
『触手ｗｗ』
『これは事案』
『巨大スライム、美少女、触手……ふむ』
『→通報しといた』
『お巡りさんこっちです』
『うわあ』
『痛そう』

『強烈』
『あれ食らって一割しか減らないのか』
『強過ぎ』
『ノックバックやばくない？』
『まずいね。ほぼすべての行動禁止だし』
『立つくらいはできるんだ？』
『流石になｗ』
『ＲＰＧ的な「行動」なんだろ』
『このへん検証したいよな。どこまで「体勢の立て直し」として許されるのかとか』
『検証班はよ』
『神の遺産シリーズの検証動画とかなかったっけ』
『うおーナイスカバー』
『カナの魔法が絶妙過ぎる』
『今の、何ｗ』
『言葉要らずにも程がある』
『なんで連携できるの』
『カナユキだから』
『せやったわ』

『せやな』
『今更』
『うおーー二発目』
『これはあちぃ』
『大魔王様の炎、えげつないよな』
『ファイアボールとは』
『ヘイト大丈夫なんかな』
『たしかに』
『ユキだけ狙われるのなんで？』
『特に挑発スキル使ってないよな』
『GAMANはそういうスキルだよ』
『発動した時にえげつないヘイト稼ぐ』
『βの時取ったタンクがだいたい諦めた理由やね』
『そうなん？』
『挑発ならタンクにマッチするんじゃないの』
『挑発×ガード禁止がえぐすぎる』
『いくらタンクでもノーガードは耐えられん』
『あーね』

『耐えてる少女（笑）もいるけど』
『あれはおかしい』
『ノリノリで草』
『言葉でも挑発しだしたんだがｗ』
『不敵な笑いすこ』
『何やってても可愛いよな』
『わかる』
『ふぁっ』
『二本目ｗ』
『なんか尖ってない？』
『ほんまや。一本目が棍棒だとしたら、二本目は……槍？』
『殺意マシマシじゃん』
『うわっ』
『痛そう』
『肩貫かれて、殴り飛ばされてなお笑える美少女』
『映画のワンシーンみたいだな』
『カッコよすぎる』
『でも結構減ってきたけど』

『むしろアレだけ食らって半分程度なの異常すぎる』
『このペースならカナの魔法で削りきれる？』
『行けそう』
『お？』
『え』
『もうリリースしちゃうんだ』
『ヘイトじゃない？』
『ヘイト説あるな』
『一瞬、スライムがカナの方向いた気がする』
『あーーね』
『カナがかなり削ったからヘイト薄れたのか』
『ユキ自身がくらいすぎたってのもありそう』
『ヘイト取り直すために大ダメージ出したってこと？』
『せやね』
『たぶん』
『ノータイムでヘイト取り直す奴を俺は初心者とは認めない』
『あ』
『確かにw　だいぶ壁役に慣れてないときついよな』

『そうなん？』

『理解されにくいものではあるけど、タンクが一番評価されるポイント』

『極論、耐久力はバフとヒールで多少誤魔化せるけど、ヘイト管理ができないと肝心のアタッカーやヒーラーが消されるからね』

『なるほど』

『勉強になる』

『これでゲーム慣れしてないとか詐欺のレベルだぞ』

『やっぱりニュータイプじゃん』

『気付いたらユキの体力危なくない？』

『アレだけ直撃食らえばなぁ』

『ボスの方も相当減ってる』

『ラスト一発……』

『決まったァア！』

『直撃！』

『ん？』

『これは効いた』

『やったか？』

『やった』

『ユキが』
『いや、これ』
『残るぞ！』
『やばくね？』
『あああ』
『やばい!!』
『え』
『詠唱してるｗｗ』
『カナ!?』
『ウッソだろｗ』
『間に合うの？』
『いや』
『キツイな』
『え？』
『は??』
『は？』
『ユキいぃいいいい！』
『嘘だろ』

『え？　ええ⁉』
『何が起こったの』
『スライム渾身のカウンター↓ユキ、何故かカナの目の前に↓ユキが身代わり』
『どうやって移動したんだｗ』
『愛の力……？』
『愛ごときでワープはできないんだよ‼』
『愛は前提で草』
『守るって言ったでしょ』
『やばい惚れた』
『先読みで走ってたね』
『カナの四発目着弾してすぐに走り出してた』
『かっこよすぎんか』
『意味わからん』
『未来見えてるの？』
『決まったァァ』
『終わったぁぁ‼』
『最後の炎、殺意五倍増しくらいに見えたんだが』
『わかるｗ』

『消し炭以外の未来を許さない炎だった』
『もはや炭すら許されなさそう』
『待ってユキは？』
『目閉じてるｗ』
『ＨＰｗｗ』
『やりきった顔で草』
『これ、落下死するんじゃ』
『受け入れてますねぇ』
『親友を守って、勝たせてから散るとかイケメンすぎる』
『いや！』
『走った』
『間に合うか⁉』
『カナ⁉』
『どうだ』
『いけるか』
『落ちる前に』
『お』
『うわあああ』

『ああああ』
『間に合ったああああ！！』
『やば』
『横抱きw』
『カナもイケメンすぎた』
『なんだこのイケメン美少女コンビ』
『イケメン美少女とかパワーワードがすぎるw』
『この世の至宝じゃん』
『まだ目瞑ってるのおもしろいな』
『ちょっとだけ腕ぷるぷるしてるの細かすぎるwww』
『受け止めるだけでHPめっちゃ減ってて草』
『ほんまやw』
『あ、開けた』
『キョロキョロしてるw』
『あー尊い』
『このふたり尊すぎんか』
『下ろし方までイケメンなカナと、少女なユキ』
『なるほどカナが旦那だったか』

『すき』
『尊い……』
『勝利おめでとう』
『88888』
『おめ』
『笑顔可愛すぎか』
『カメラくんわかってる』
『おめ』
『ほんとに勝つとはなぁ』
『いやー凄かった』
『映画見てるみたいだった。ゲーム自体もやっぱすごいな』
『感動』
（以下、しばらく余韻に浸るコメントが続く）

第三章　特殊フラグは突然に

「んーーー！」

ベッドから起きあがり、ぐーーっと伸びをする。

軽く前屈みになったり、腰を捻ったりしてストレッチ。

長時間横になった後は、ちゃんと身体を動かしてあげないとね。

十分ほど体をほぐしたところで、部屋を出る。


えーと、今やらないといけないことは……あ。

「洗濯、かけっぱなしだ！」

朝かけたまま、すっかり忘れていた。シワになっちゃう！

慌てて洗濯機から取り出して、干し始める。

ベランダに出てみると強烈な陽射しに襲われ、思わず目を瞑ることになった。

仕方ない。七月も末。暑くないわけがないよね。

干し終えて室内に戻るころには、すっかり汗だくになってしまっていた。

んー……シャワー浴びとこうかな。ベッドの上では清潔を保っておきたいし。

お昼を作る前に、さっと汗を流しておく。

夏は得意じゃないけど、こうしてぬるめのお湯を浴びている瞬間はとても好きだ。

上がったらドライヤーで髪を乾かしてから、軽く櫛を通す。

すっきりとしたところで、お昼ごはんを作り始めた。

と言っても、特に手の込んだものを作るつもりは全く無い。一人だし。

そうめんでも茹でておけば良いだろう。年頃の女子といっても、休日のお昼なんてそんなものだ。

軽く携帯を弄っているうちに茹で上がったので、ザルに移してさっと水で洗う。

ボウルに移し替えてから適当に氷をのせて、完成。


……ん。やっぱり暑い日はそうめんに限るね。涼しくて美味しい。

テキパキと片付けを済ませてしまったところで、ポーンと通知がなった。

「カナ……？　あれ、違う」

配信始めるにあたって作った、SNSアカウント。チャンネルと紐付けているためフォロワーの数が怖いくらいの勢いで増えている（配信用チャンネルの登録者数についてはもう観ないことにした。増えすぎて怖い）、それからだ。

細かい設定はカナに任せちゃったからあれなんだけど、個人メッセージっていうのかな。メールアイコンのところに通知が一ついている。

ふむ？　なんだろ。とりあえず開こうか。

ユキ　様

はじめまして。突然の連絡失礼します。

ニーナと申します。


昨日、今日とユキさんの配信を拝見して、たちまち大ファンになりました。

一つお伺いしたいことがありまして、今後ユキさんはご自身のアーカイブから切り抜き動画を揚げる予定はありますか？

もしなければ、こちらで切り抜き動画を作ってアップしたいと考えております。

沢山楽しませてくれる素晴らしい配信を、少しでも共有したいという思いです。

よろしければご一考ください！

ニーナ

なんと、配信を観て気に入った方がわざわざ送ってくれたものであるらしい。ちょっと照れる。

えーと……切り抜きを動画に？

ああ、カナの動画で何回か見たことあるかも。「配信を全部見られるほど時間が無い。けれど美味しい場面はしっかりみたい」「配信で見たあの名場面を繰り返しみたい」そういうニーズに合わせて、配信からいくつかシーンを切り抜いて作られるもの……だったかな。

『アレのおかげでライト層も増えるし、自分もあとから見返して笑えることも多いから有難いんよー』とはカナの言葉。

ということは…………許可は出しちゃって良いか。

ポチポチと操作をして、返信。

内容としては、お礼と是非お願いしますというもの。

どういう場面を切り抜くかについては、お任せとしておいた。


さて、洗濯物が乾くまでの間に買い物を済ませておこうかな。

多分、そろそろ…………。

ピンポーン。軽快な音が鳴った。

壁に設置されたディスプレイに、訪問者の姿が映し出される。

「はーい……やっぱり」

『はろーー。来たで！』

にっと笑ってみせるのは奏。そろそろ来るんじゃないかという気はしていた。

「もう。私が出られなかった時どうしようもないんだから、急にこないでって言ってるでしょ！」

『ええやんええやん。そん時は諦めて帰るがな』

「むー……。まぁ、もう準備は出来てるからそっち行くね」

『あーい』

急いで手荷物を確認して、外に出る。

奏は、家のすぐ前で待っていた。

「ごめんね、お待たせ」

「んー？　五分も待ってへんで」

「買い物、付き合ってくれるの？」

「ん。そろそろそんな時間かなって」

「流石。晩御飯は？」

「お母さんにはユキんとこで食べてくるって言うた！」

「既定事項かい！」

にしし、と笑う奏。私も釣られて笑ってしまう。

まったく、マイペースなんだから。

「じゃあカナも食べるってことだから……何にする？」

「んーー久々にユキのハンバーグ食べたいなぁ」

「おっけー。じゃあそうしよっか」

「やった！」

奏が、ガッツポーズで喜びを体現してみせる。

ふふっ。そんな反応貰えると、私も張り切っちゃうね。

二人並んで歩きながら、話に花を咲かせる。もちろん今日の話題は、例のゲームだ。

「だいぶ順調みたいやん？　配信」

「順調って言って良いのかなー。初日終わってから、ずっと登録者？　が凄い勢いで増えちゃってて。怖くなって全然見てないや」

「はぁー、なんやそれ！　贅沢な悩みやなぁ……ユキらしいけど」

「あ、そうだ。今日ね、なにかメッセージきててさ」

この際だから、お昼のこと早めに報告してしまおう。

「メッセ？」

「うん」

「ほぉ。どんな？」

「えっとねぇ。配信の切り抜き作らせてくださいーみたいな」

「おーー！　ええやん！　わざわざ許可取りに来たん？」

「うん」

「それはええことやね。無許可で作る人も多いからな。絶対アカンっていう訳でもないけど、やっぱりそうやって聞いてくる奴の方が信用したくなるもんや」

「たしかに。印象は良いよねー」

二人でうんうんと頷き合う。

まあでも、よかった。カナも乗り気なら、間違いはないだろう。


そこからは他愛もない雑談をしながら、手早く買い物を済ませ。

それからなんだかんだ喫茶店に寄ったり本屋に寄ったりで時間を過ごしちゃうのはご愛嬌。

ようやく一緒に私の家に帰ると、料理を始める。

因みに、奏は料理には参加しない。あまり得意でないというのもあるけど、待たせている間に課題をやらせる……という意図が大きいんだ。

奏、こんな機会でもないと全然やらなくて。いつもギリギリになっちゃうからね。


自信料理でもある、ハンバーグ。

しっかりと空気を抜いた生地を焼き上げて、最後に自家製のソースを掛けて……完成。

「……はーい。できたよ」

「待ちわびた！」

早くも箸を持ってわきわきとさせている奏の姿に苦笑しながら、配膳を済ませる。

二人で手を合わせて、『いただきます』

「んー！　うま!!」

「もー。大げさなんだから」

「事実や！　やっぱり一家に一台、深雪やな」

「ふふっ。なにそれ」

やっぱり、一人じゃない食事は楽しい。もちろん、奏だからってのもあるけど。

賑やかな食事を終えた私たちは、そこで解散。

片付けを手伝おうという提案を、たった二人分だからと断るのもいつものことだ。

帰っていく奏を見送ってから、手早く片付けを済ませる。

「あ、洗濯物ー！」

駄目だね。取り込むのってすぐに忘れちゃう。

急いで取り込んで、畳む。大した量ではない。

さて。これでやることは終わったかな。

部屋に戻り、三十分だけ勉強をして。

『いまからＳ３エリア探索してみます！』

短く告知してヘッドセットを被る。

もうすっかりハマっちゃったね。

思わず苦笑い。でも、悪い気はしない。

――さあ、夜の部の開始だよ!!

◇◇◇◇◇◇◇◇

かすかな浮遊感と共に、Infinite Creation の世界に降り立った。

これが四度目かな？

場所は、前回ログアウトした地点であるS2エリアボスのゲート前。

そうそう、言い忘れていたけど、このゲームにおいて安全にログアウトできる場所は決まっている。

復活地点を設定できる各街と、ダンジョン前などにおいてあることがある簡易拠点地。最後に、ワープポータルの半径五メートル圏内だ。

どこも魔物は絶対にポップしないようになっている他、内部での戦闘行為はできないことから、セーフティエリアと呼ばれている。

まぁ、両者同意での決闘は行えるけど。これについてはいつか触れるね。

それ以外の場所ではログアウト自体はできるものの、アバターはそのままの状態で残されてしまう。

回線不良や急用など、不測の事態で落ちた場合は自己責任というわけだ。

そこでもし死んじゃったら、次ログインしたときに復活地点に戻される。

ま、前置きはこれくらいにして、配信はじめようか。

ポチポチとウィンドウを操作し、カメラドローンを呼び出す。

無事に撮影が始まった。

「はろはろー。夜の部配信やってくよーー」

『わこつ』

『待ちわびた』

『結構遅かったね』

『今日はもう無いのかと』

「ごめんねー。買い物行ってご飯食べてたら遅くなっちゃった」

『なるほど』

『おつ』

『把握』

『カナと仲睦まじく……』

『妄想がすぎるw』

「えっ！　良く分かったねぇ」

『あってて草』

『エスパーか？』

『カナが呟いてたよ』

『→わろた』

「なるほどねー。カナ経由かぁ」

カナ経由なら、さもありなんって感じだ。

SNSに関してはそんなに見ていたわけじゃないけど、最近一気に私に関する呟きが増えた気がするんだよね。

きっかけは多分、私が配信するようになったことだろう。

今までは一応、表にそんなに出てこない私に対して遠慮してくれていたんだろうね。

「さてさて。じゃあ呟いた通り、S3エリアの探索に行くよ」

『8888』

『最前線を平然とソロで行く』

『しれっと言ってるけどw』

『本日も初心者詐欺はじまります』

『いまのHPってどのくらいなん?』

『たしかに気になる』

「あ、しばらくステータス表示してなかったっけ。今出すねー」

ちらほらステータスを見たいという声があったので、ウィンドウを操作する。

そういえば、前に配信で見せたのはレベル8くらいの時だっけ?

名前：ユキ

職業：重戦士
レベル：15
HP：3135／3135
MP：0
右手：なし
左手：なし
頭：バンダナ
胴：革のよろい
脚：布のズボン
靴：革のくつ
物理攻撃：0
物理防御：8
魔法攻撃：3
魔法防御：3

VIT：180
STR：0
DEF：0

INT：0
DEX：0
AGI：0
MND：0
所持技能：最大HP上昇　自動HP回復　GAMAN　ジャストカウンター　致命の一撃　聖属性の心得　カバーリング　第六感
称号：創造神の興味

『えぇ……』

『すご』

『さんぜんww』

『独走すぎる』

「えへへー。とりあえず3000は超えたよ！」

ようやく？　3000。目標が五桁なことを考えると、まだまだ遠い。

けど、確実に成長はしているんだ。

しっかし、長い長いステータス欄だけど、半分くらいが無意味と化しているのがちょっとむなしい。

次からは、要らないところは目を通す必要もないかな？

『これの恐ろしいのは、ただ耐えるだけじゃないところなんだよなぁ』

『それｗ』

『３０００以上与えないと倒せない上に、３０００のカウンターが飛んでくる』

『いやもうこれ誰が倒せんの』

『キングボア呼んできて』

『笑う』

『エリアボスじゃ周回されちゃうもんなぁ（』

『ＨＰ特化の弱点がＨＰで負ける相手と聞いて』

『ライフで殴ってくる相手にはライフで対抗するしかないんだよ』

『極限過ぎる』

「んー……まぁ元々はカナと遊べるようにってつもりだったから、弱みがあっても別に良いんだけどねぇ。完璧なんて最初から目指していないわけだし。ただ、自分より体力が多い相手にあたると確実に勝てないってのはちょっと気になってきたかも」

『贅沢が過ぎる』

『わからなくはないけどｗ』

『寧ろこれ以上強化されたら何も手を出せないんやが』

『あきらめようｗ』

『とりあえず、ユキが負けず嫌いなことは伝わった』

『しっかりとインクリを楽しめているようでなにより』

『→どこ目線なんだよｗｗ』

『格上相手は勝てないみたいな言い方してるけど、ＨＰ４０００以上とかもはや格上とかいう次元じゃないいんだよなぁ』

『キングボアは誰も勝てません』

「むーー……いいや。手札はこれから増やせば良いのさ」

これからどんどん未探索地域を開拓していくんだ。

きっと一つや二つ、便利な技能でも見つかることだろう。

現状可能性があるとすれば、ＧＡＭＡＮを放った後にポーションで回復するくらいかな？

さてさて。現状私には三つの選択肢がある。東西どちらかに流れてみるのが二つ、南にもっと突き進むのが一つ。

私としては、未知の発見の可能性がいちばん高いものを選びたい……となると、自ずと一択になったわけだ。

「よし！　れっつごー！」

告知通りのＳ３エリアに向かって、南進。

と言っても、元々ボスのゲートは境界線にあったので、すぐにエリアは切り替わる。

Ｓ３に変わったからと言って急激に背景が変化するということはなく、まだじめじめとした湿地帯。

月が出ているとはいえ、昼間と比べるとかなり薄暗く、正直気味が悪い。

「……なんか出そうなレベルなんだけど？」

『わかる』

『雰囲気ありすぎでしょ』

『ホラー映画かな？』

『後ろを振り返ると……』

『ウシロダ』

『いまあなたのうしろにいるの』

「っ！　……ちょ、ちょっと止めてよ！」

思わず振り返ってしまった。

後ろにはただ暗い湿地が広がっているのみで、ポツンと赤い縁のワープポータルが佇んでいる。

『かわいい』

『振り向くんだｗｗ』

『さてはホラー苦手だな』

「ん～得意ではないって程度だけど……皆も来ればわかるよ。無駄にリアルなせいですっごい雰囲気あるんだから……きゃぁぁっ⁉」

待って待って待ってちょっとまって。
前に向き直った瞬間。
手を伸ばせば届くほどの距離に、骨が、いた。
『うわ』
『ひぃ⁉』
『やば』
『ガチ悲鳴じゃん』
『悲鳴たすかる』
『かわいい』
「誰でもびっくりするでしょうが⁉　骨！　骨がいきなり目の前にいたんだよ⁉」
とっさに飛び退いて、距離を取る。
バクバクと鳴り響く心臓を抑え込んで、なんとかそいつを観た。

名前：スケルトン
ＬＶ：13
状態：平常

うわ
ひぃ!?
やば
ガチ悲鳴じゃん
悲鳴たすかる

レベル13。一気に強くなったね。

けどまぁ、一体くらいなら。剣を持ってるのが、ちょっとだけ怖いけど。

「すーーはーー……よし。【GAMAN】——ッ⁉」

使った瞬間、膨大な数の敵意に襲われた。

全身の身の毛がよだつような寒気を感じ、周囲を見渡す。

先程まで何も居なかったはずの地面。そこからズズズっとなにかが浮かび上がってくる。

何か…………いや、逃避はよそう。

見渡す限りの、骨、骨、骨。

大量のスケルトンが、剣を片手にカタカタと身を鳴らしていた。

「ひっ……！」

じわじわとにじり寄ってくる、骨の軍団。

さ、さすがにこれは、心臓に悪いとかいう次元じゃ無いんじゃないかな。

『やばすぎ』

『トラウマ不可避』

『逃げて！　超逃げて！』

『骨は拾いに行ってやるよ』

『骨だらけで分からなくなりそう』

『そもそもＳ３行けないだろ』

『草』

くっ……他人事だからって好き勝手言って……！

でも、少なからず気持ちが楽になった面もあるのは否定出来ない。

「……こ、こいやぁ！　一体でも多く道連れにしてやるからなぁ！」

奮い立たせるように叫んで、骨の軍団を見据える。

一番近くにいたスケルトンが、私の右腕を切り裂いた。

私が動かないのを良いことに、次々と殺到する骨、骨、骨。

袈裟懸けに斬られ、肩を貫かれると、今度は腹部を横なぎに切り裂かれた。

そこまで痛みもないしそもそもゲームとはいえ、こうも剣で斬られるのはなかなか心にくるものがある。せめて防御できれば、また話は違うんだけど。

みるみるうちに減っていくＨＰ。だけど、まだ足りない。もっと、限界まで。

「足りない、な？」

『ひぃ』

『ちょ、まｗ』

『壮絶すぎる』

『惚れた』

『映画みたいになってて草』

身体に剣が刺さっているのも厭わず、ニヤリと。なるべく余裕に見えるように笑ってみせる。

カメラドローンくん、ここで正面から私を映し出すとは……いい仕事だ。

私の凄みに効果があったのか。

はたまた斬っても斬っても倒れないこの身体に、不死者でありながら恐れを抱いたのか。

理由はわからないが、たしかにスケルトンたちが一歩退がった。

「ふふっ……倒しきれなかった時点で、君らの負けだよ」

――『解放』

刹那、私の身体から膨大な力が解き放たれ、天へと昇っていく。

暴力的なまでの力の奔流が、闇夜を切り裂いて、空高くへ。

思っていたのとは、大きく異なる演出。

けれど、身体は自然に動いた。

ゆっくりと天にかざした右手を、一息に振り下ろす。

その先は、もちろん――

一瞬の出来事だった。

空から白い光が雨のように降り注ぎ、数多のスケルトンを貫いて。

溢れかえるほどにいた骨の軍勢は、全て光の中に消えて行った。

【只今の戦闘経験によりレベルが17になりました】
【只今の戦闘経験により『アンデッドキラー』を獲得しました】
【只今の戦闘経験により『浄化の担い手』を獲得しました】
【只今の戦闘経験により『不屈』を修得しました】
【只今の戦闘経験により『背水』を修得しました】

ほっと息を吐いたのもつかの間、立て続けにインフォが鳴り響く。
今回は不屈と背水が技能で、のこり二つが称号っぽい。確認しようか。

技能：不屈
効果：自身のＨＰが少なければ少ないほど、ノックバック耐性と防御力が上昇する。

技能：背水
効果：自身のＨＰが少なければ少ないほど、自身の攻撃力が上昇する。反面、最大時の攻撃力が少し下降する。

なるほどなるほど。攻撃をGAMANに依存している私は、自ずとダメージを与えられる状況が低いHPの時に限られる。

結果、こういうものが生えてきたってわけね。

「えっとねー。パッシブのスキルが二つもらえたみたい。HPが減るほど強くなれる感じ」

『へぇ』

『ええやん』

『そんなのもあるんだ』

『ユキの場合はHP削りまくるから強い？』

「そうだねーー……ん？」

一見便利そうなスキルだけど……待って。

私の攻撃力って、物理が0、魔法が3。防御力も一桁だ。

「このスキル、攻撃力や防御力自体が上がるみたいなんだよねぇ……」

『ほう』

『あ』

『え』

『あーーw』

『はいここでユキ選手の攻撃力と防御力の数値を見てみましょう』

『察したｗ』

『ｗｗｗｗｗｗｗ』

「この二つのスキル、ぜんっぜん意味ないんだけど!!」

『わろた』

『涙拭けよ』

『固定値上昇……無いだろうなぁ』

『どんまいｗ』

かなしい。あまりにもかなしすぎる。

ま、まぁ、仕方ない。全てを捨ててＨＰに振ってるんだ。

今後もこんな風に、得た技能がまったく効果をなさないということは多々おこるのだろう。

「気を取り直して、称号みてみるよー」

ウィンドウを操作して、先ほど手に入れた称号二つを確認してみる。

今度こそ効果ある類のものでありますように……。

称号：アンデッドキラー
効果：不死属性を持つ相手への与ダメージを５％増加させる。
説明：不死者を多く討伐し、その弱点を知りえたものの証。

お、これは普通に有能なのでは。

こういう、常時発動の系統特攻は沢山持てるに越したことは無いって話だったよね。

一つ有用なものがあっただけでも助かったけど……もう一つはどうだろう？

称号：浄化の担い手
効果：【浄化】を使えるようになる。
説明：迷える魂の救済を任されしものの証。

「……ほーー」

『どうやったん？』

『良さげ？』

「えーっとね。一つはアンデットへのダメージ増加。もう一つは【浄化】ってのが使えるようになるらしい」

『ほう？』

『パッシブの特効スキルはつよい』

『有能だね』

『浄化？』

『スキルが増える物もあるんか』

『どんなん？』

『どっちも大量のアンデッドを処理したのがトリガーっぽいな』

「えーーっと。表示させちゃうね」

技能：浄化
効果：任意の量のＨＰもしくはＭＰを利用して発動。威力がＨＰを上回っていた場合、対象を浄化する。不死属性を持っている相手に対してのみ効果があるが、一部の存在には無効化される。聖属性。

ふーむ？　とりあえず対アンデット用の攻撃手段ってことで良いんだろうか。

一部ってのはボスとかそういう系統で、その辺に湧いてくるアンデットなら成仏させられるって感じかな。

ＨＰで代用できるのは、私にとっては最高だね。

『はえーこんなのもあるのか』

『おもしろい……けど』

『これ、実用性低すぎんか』

『→わかる』

『実質ユキ専用スキル』

『HPの暴力w』

「んー私もちょっと思ってた。だいぶ効率悪いよね？」

『せやな』

『ユキだってぶっちゃけGAMANでいいもんな』

『しかもアンデッド限定』

『用途さんどこ……？』

『まぁでもこういう技能ちょこちょこあるよ』

『→詳しく』

『もう一つの世界がコンセプトなのもあって、ロールプレイ性能の方を重視した技能も多いってだけの話』

「あーーなるほどね。戦闘として便利ってよりも、世界を生きていく上で使うって位置付けの技能とかも多いのか」

　考えながらもコメントを眺めていると、疑問が氷解した。

そっかそっか。この世界での聖職者の人とかが、メインで使うのかな。

「ふーむ……」

ロールプレイ用の技能、ねぇ。

ということは使い続けることで開ける道もあるかもしれないってこと？

それこそ、浄化をし続けることで称号がもらえるとか！

「んーー。しばらく使ってみる？　意味ある気がするんだよね」

『ありだと思う』

『なんだかんだ何かありそうだよな』

『聖騎士とか上位神官の条件に浄化数ってありそうじゃね？』

『あーー』

『あるねそれ』

「わかるー。私も同意見！」

このゲーム内に存在し、プレイヤー達もなれると噂されている、上級職・特殊職。

それになるための条件の一つに……というのは大いに考えられる。

それじゃあ、今日の残りの方針としてはガンガンに浄化を使うって感じで行こうかな。

「夏の浄化祭り。期間は私のＨＰリソースが無くなるまで。それじゃあ行ってみよーー！」

『おー』

『888』

『ごーー』

ノリの良い視聴者さんたちと盛り上がりながら、浄化に挑戦。

最初は、どれくらい使えばそもそも浄化できるかというところから。

200では足りず、400では行ける。250でいけたかと思えばつぎは足りない……と色々試してみたところ、300使って浄化を使えば安定して成功することがわかった。

同時に検証もできた。浄化に失敗すると光るだけで何も起こらず、使ったHPはそのまま無駄になってしまう。

また、成功した場合は光に呑み込まれるようにしてそのまま消えていった。


一体一体相手取って浄化しているつもりが気付いたら囲まれ、結局GAMANで蹴散らしたり死に戻りしかけたりすること数時間。

そろそろ切り上げて終わろうかという矢先に、そのインフォは鳴り響いた。

【只今の戦闘経験によりレベルが18に上がりました】

「いや、そっちかい!! 嬉しいけどさ!」

『笑う』

『おめでとうって言いづらいw』

『違うそうじゃないw』

『ドンマイ』

思わず突っ込んでしまった。くそう。浄化関連は何も無いのかな。

うーーん！　今日は切り上げようか。そろそろ寝ないといけないし。

「今日はもうおわろっかなーって思うよ」

『おけ』

『おつ』

『もう日付変わるもんね』

ログアウトのため、S2エリアの方へ戻る。ゲートまで着けばログアウトできるからね。

「そうねー。あんまりリズム崩したくないし……ん。邪魔ぁ」

あと数歩というところで、カタカタと浮かび上がってきたスケルトン。

ほんのちょっとだけむっとしながら、【浄化】を使う。

――ポーン。

【条件を満たしたため、『魂の救済者』を獲得しました】

「おおおっ⁉」

来たんじゃない⁉

一気に気分が高まるのを感じながら、ボスゲートの周辺へ。

今更だけど、この安全圏はセーフティエリアと呼ばれている。いや、前いったかな？　忘れちゃった。

無事にログアウトが可能になったことを確認して、ウィンドウを開いた。

称号：魂の救済者
効果：浄化の威力が10％上昇。一部のＮＰＣからの好感度に大幅補正。
説明：浄化の腕に長け、数多のさまよえる者を天に導いた者への尊称。上位の聖職者になる第一の条件とも言われている。

「来たーーー!!」

『お』

『これは？』

『来たか??』

『ワイらにも見せてもらってええ？』

「あ、ごめんね。いいよー見せちゃう！」

ウィンドウを操作して、可視化。相も変わらず、配信している人には安心のプライベート設定だよね。

選んだものだけ配信で映せるっていうのはとても便利。まあ、私自身はとくにかくすつもりもないんだけど。

『おおおお』

『きた!!』

『おめ』

『まさに狙い通りじゃん』

『上級職への道が見えましたね』

『早速なれるん？』

「んーそれはまだっぽい。条件が足りないのかなぁ」

『そか』

『まぁまだレベル18だし』

『レベルは大事そうだよね』

『ステータス条件だったら？』

『→それは……うん。祈ろう』

「レベルありそー。20とか30に期待かな。ステータスは……うん。祈るよ」

コメントに指摘された可能性に、思わず苦笑い。

ステータスを条件にされたら実質詰みだけど……まぁ、そこはだいじょうぶだと信じよう！

「さてじゃあ、狙いの称号も貰えたところで。今日は終わろうかな」

『おつー』

『楽しかった』

『明日もやるん？』

『最後に一枚下さい！』

『視聴者にサービスを』

「明日もやるよー！　多分昼以降かな。えーっとなに？　んーー」

サービスと言われてもって感じなんだけど！

ちょっと考える。そうだなぁ。やっぱり素直な気持ちが一番か。

ちょいちょいとカメラに手招き。すっと顔の前まで飛んできて、私を正面から映してくれた。

「みんな今日もありがとう！　良かったら明日も見てね。おやすみ！」

感謝の気持ちも込めて、心から笑みを浮かべる。そのまま、笑顔で手を振って見せた。

……改まってやると、ちょっと恥ずかしいものがあるね。

溢れるコメントに温かくなるのを感じながら、配信を終了。そのままログアウトした。

◇◇◇◇◇◇◇◇

外からの陽射しで、目が覚めた。

時刻は午前六時半といったところ。

ベッドから下りて、ぐいーーっと体を伸ばした。

何となく窓を開けて、直に陽射しを浴びる。

……うん。今日もいい朝だ！

日課の軽いストレッチをしてから、朝食をとる。

昨日買い物に行ったときに用意しておいた蒸しパンがあるので、今日は特に作らない。

ささっと朝ごはんを食べたら、今日は課題をもって外に出る。

散歩がてら図書館にでも行こうかなってね。

最寄りのところ、ものすっごい大きくてどんな本でもあるんじゃないかってレベルな上に、朝かなり早くからやってくれるんだ。

このご時世、電子書籍が主体にはなっているけれど。やはり紙媒体を求める人はかなりの数存在する。

一時、紙の本は廃れるかもーとか言われていたみたいだけど、全然そんなことは無かった。

私も、本を読むなら紙の方が好きだな。


図書館についた。流石に早朝というのもあってか、かなり人が少ない。

適当な席に座って、課題を広げる。

黙々と進めてある程度終わったら、お待ちかねの読書の時間。

最近出た本が集められた書棚から何冊か見繕って、のんびりと読む。

ふと時計を観ると、時刻は午後一時を指していた。

そろそろ帰ろう。インクリもしないといけないからね！

行き付けの喫茶店に入り、サンドイッチとウーロン茶を頼む。

今日はここでお昼ご飯。レタスとタマゴのオーソドックスなものなんだけど、すごく美味しいんだよね。


昼食を取り終えて、帰りぎわにお買い物。

豚肉などが安かったので色々と買っておいた。この分なら明日の買い出しは不要かな。

それにしても、今日も暑いね。

ちょっと外に出るだけでかなり汗をかいてしまう。

「ただいま〜」

鍵を開けて、家に入る。答える人はいないけども、私はいつも帰った時には声を掛けるんだ。

何故って言われると、ちょっと答えづらいけどね。帰ってきたーという気持ちが強いからかな。

荷物を置いた後は真っ先に脱衣所へ。ささっとシャワーを浴びる。

んー。やっぱり汗をかくのは大変だけど、帰ったあとのこれが夏場はとても気持ち良いね。

さて。最後に夕ご飯の下ごしらえを済ませ、これで万全。

心置きなくゲームできるねっ！

◇◇◇◇◇◇◇◇

という訳で、またまたやって参りましたＳ３エリア。

昨日は夜間ってのもあってか、まさかの骨軍団の出没だったわけだけども。

とりあえず昼間はどうなんだろうっていうのと、あわよくばエリアボスまで行っちゃおうかなーと。

ひとまずウィンドウを操作して、カメラドローンを呼び出す。

「ん。じゃ、今日もよろしく！」

なんとなくドローンを撫でる。なんか可愛いんだよね。これ。

撫でていると、配信が開始されたという通知が右上に表示された。

カメラからちょっとだけ離れて、手を振ってみる。

「はーいこんにちは。今日も配信やっていくよー」

『わこ』

『わこ』

『!?』

『今、撫でて……!?』

「あっ、そこから入っちゃったのか。えへへーごめんね。このカメラドローン、かわいいなーって思って撫でちゃってた」

『ええんやで』

『むしろ御褒美なんだよなぁ』

『とりあえずカメラが優秀なことはわかった』

『もっかい撫でて』

『たしかに、ふよふよ浮かんでいると思うとかわいいよな』

「え、やだよ！　流石に恥ずかしいもん」

『カメラを撫でるだけ』

『一回、一回だけだから』

『ワイらに癒しを』

「恥ずかしいって!!　ってなんでドローンちゃんもそんなにぴょこぴょこしてるの!?」

私の目の前でぴょこぴょこと動いてみせるカメラドローン。

え、まさか撫でろって言ってる？　さすがにないよね……？

『画面がちょっと揺れてるの草』

『なんだそれかわいいなw』

『ユキ視点観たいわw』

『ほら、視聴者とカメラの要望が一致したぞ』

「んーーー……！　一回だけ、だからね」

じっとこちらを見つめてくるドローンに向かって、そーっと手を伸ばす。

少しだけ撫でてあげて、すぐに引っ込めた。

『ありがとうございます』

『あっっ』

『天使か？』

『顔真っ赤かわいい』

「うぅ～～!!　な、なんで私こんなことしてるの……」

顔が熱い。ほんと、どうしてこんなことになってるんだ。

振り払うように頭を振る。

カメラドローンちゃんが揺れている様子が、心なしか嬉しそうにみえるのが複雑。

……この子、意思あったりする？

「もう行くよ!!　探索するんだからっ」

今いた地点は、例によってS2エリアボスゲートの周辺。

昨日同様に、新天地を求めて南下をしていく。


出てきた敵は、S2と同じカラースライム四種。そして、その上位個体っぽいビッグスライム。

多少レベルが上がってこそいたけれど、流石にHPが三千を超えた私の敵ではない。

多様な属性魔法や、ビッグスライムによる体当たり。

いくら数で攻めてこようとも、溜まったGAMANで蹴散らして終わりだった。

減ったＨＰを都度おばあちゃん特製ポーションで回復して、どんどんと突き進む。

レベルも19になり、そろそろ回復薬の残量が危うくなってきたという頃。

ようやく、前方に新しいゲートが見えてきた。

「おーー!!　ついたぞ！　Ｓ３エリア境界！」

『おめ』

『８８８８』

『やるぅ』

『最前線ソロ旅するバケモノ』

『こんなに愉快な最前線ある？』

『ライフで殴る天才』

『ＨＰは正義ってよくわかるね……』

盛り上がるコメントを眺めながら、ワープポータルと思しきものの近くへ。

メニューを開いて、ちゃんとログアウトが可能なことになっていることを確認。ほっと一息ついた。

「いやーー物量で押し切られることもあるかと思ったけど、流石にここまで体力あると余裕だったね」

『おかしい』

『悠々自適のソロ旅行』

『目まぐるしく増減するライフポイントが面白すぎた』

『強いなぁ』

『いまHPどのくらいになったん？』

「ん。えーと……いいや。表示させちゃうね」

名前：ユキ
職業：重戦士
レベル：19
HP：2724／3465
MP：0

『うわぁ』

『3500乗りそうで草』

『別世界がすぎる』

『そりゃモブに負けるわけないよな』

『もうすぐ20か』

『カンストじゃん』

「え、そうなの？」

興味深いコメントがあった。思わず気の抜けた声が出てしまう。

『ドレンが情報出してた』

『ドレン？』

『最前線をソロで行くガチ戦士。ユキとの違いは、とりあえずちゃんと戦うところ』

『ちゃんと戦ってない扱いで草ｗｗ』

『実際そう』

『ライフで受けてライフで殴るそれのどこがまともなんですか』

『間違いないｗｗ』

『彼によると20でカンスト。転職したらレベルキャップが開放されるらしい』

『へぇ』

『なるへそ』

「へーそうなんだ‼　転職といえば、浄化連打でもらえた称号は役に立つのかな⁇」

『魂の救済者』とかいう、いかにも凄そうな称号を貰ったのは、つい昨日のことだ。

上位の聖職者への条件とも書いてあったし、これは期待して良いんじゃないだろうか。

そもそも、なんらかの聖職者になっておかないと駄目かもしれないけどさ！

「とりあえずレベル20にしてみればわかるかな。じゃー張り切ってこいつ倒しちゃおう‼」

ボスポータルを指して、勢いよく宣言。

大丈夫。行ける行ける!!
『猪突猛進で草』
『イノシシユキちゃん』
『相手のHPが自分より低いことを祈るお時間』
『実際足りなかったらどうすんの』
「その時は……諦め?」
『正真正銘の猪』
『勢い任せの女』
『勢いしか知らない女』
『潔すぎるw』
『実際それしかないもんなぁ』
「ま、考えたってわかんないさ。行くよー!」
右手を突き上げて、足を進める。
目指すは上級職。レベル20だ!!

意気揚々とポータルをくぐった、その時だった。
【システムアラート】
【『一定以上の戦闘勝利経験』を確認】

【『一次職業のままである』を確認】

【『魂の救済者の所持』を確認】

【『カルマ値0以下』を確認】

【検索します】

【ワールド内に、現役の聖女が存在しません】

【全ての条件を満たしました。特殊クエスト『聖女への道　終』が実行可能です。実行しますか？】


「え、あ、【はい】」


【特殊クエスト『聖女への道　終』を開始します】

【専用マップに転送されます】

特殊クエスト『聖女への道　終』

聖女への長い道のりも、とうとう最後の一歩。

浄化の術を修め、さまよえる数多の魂を天に導くことで、自らの資質を示した聖女見習い。

神が下す最後の試練を乗り越えた時、彼女は晴れて聖女であると神に認められることだろう。

成功条件：ジャイアントスケルトンの討伐　失敗条件：自身が戦闘不能になる

※このクエストはソロ限定です

————

——いやちょっと待って。どういうこと⁉


【専用エリアへの転送が完了しました】

【特殊クエスト『聖女への道　終』を開始します】


聞き慣れない情報に困惑しているうちに、ボスエリアに到着した。

やけに暗いと思ったら、昼間のはずなのに太陽が出ていない。もちろん、月も。

ところどころに台座が置かれていて、その上に設置されている松明によって明かりが確保されているみたい。

半径三十メートルほどの円状の広場。周囲は巨大な壁……いや、これ墓石か。それに覆われている。

転移ポータルのようなものはない。つまり逃げ場はない、と。

『暗っ』

『これエリアボス戦だよな?』

『わざわざ夜間ってことはアンデッドかね』

「あーそれなんだけどね。なんか変なことが起こっちゃったみたいで」

視聴者さんたちを置いてけぼりにするわけにもいかないので、とりあえずさっき出てきたウィンドウを可視化しておく。

正直、私もわけわからーんって感じだけどね!!

『は??』

『なにこれw』

『せ　い　じ　ょ』

『せいじょ……聖女?』

『どういうことなの』

「私も聞きたいんだって!!　急に条件を満たしたとか言ってこうなったの!」

『わろた』

『いつフラグ立てたんだw』

『え、これクリアしたら聖女になるの?』

「文脈的には、そうっぽいよねぇ」

『いや草』

『聖女はHP極振り職だった……?』

『回復やサポートを全然せずガードもしないで敵の攻撃を正面からくらう聖女』

『なかなかいないですねぇ……』

『いちゃ駄目だろw』

『聖女　とは』

『そもそも、過程をすっとばして終であることに困惑を隠せない』

「好き勝手言い過ぎじゃないかなぁ君たち!!」

割と最初からだった気もするけど、コメント欄の人たち遠慮がなさすぎじゃなかろうか。

わかってるよ！　私のプレイスタイルと聖女がかけ離れていることくらいっ!!

「全く、失礼なんだか……わわっ！」

腕を組んで憤慨してみせようとした瞬間。すぐ前の地面が、突如光り始めた。

二歩ほど下がって見てみると、何やら紋様が浮かび上がってきている。

「なにこれ。星……いや、六芒星ってやつか」

目の前に描かれた魔法陣。

ひときわ強烈な光を放ったかと思うと、次の瞬間には見上げるほどの巨人を生み出していた。

身長三メートルはあろうかという巨体。闇の瘴気とでも形容したくなるような禍々しいものを帯びたその身体は、全て骨で出来ている。

ゆっくりと動き始めたそれが、顔をこちらに向けた。

「――――ッ!?」

身体中の毛が逆立つかのような、強烈な寒気。

反射的に一歩下がった私の眼の前に、いきなり鋭く尖った氷柱が地面を突き破って現れた。

「あ、ぶなっ！」

間一髪。一瞬でも遅れていたら、いまごろ私は百舌の速贄みたくなっていたのは想像に難くない。

キッと骨の巨人を睨みつける。

不意は衝かれたけど……ぜったい、倒してやるから！

名前：ジャイアントスケルトン
ＬＶ：？？？
状態：不死の呪い（４４４４／４４４４）

「ちょっとまったなんだそれっ‼」

視点を合わせ呼び出したウィンドウに表示された、見慣れない状態。

後ろに数字が書いてあるのは耐久値か残量か——わ、危ない！

またしても氷柱が生えてきたのを、間一髪で避ける。

んーー厄介だ。とりあえず、不死の呪いとやらが何なのか。

奴の周囲に蠢《うごめ》いている闇の瘴気。これがそうであるとするならば、まず間違いなく攻撃か防御に使われるのだろう。

正体を暴くことから始めないと。私の攻撃手段は限られているんだから。

とはいえ、考えに没頭させてくれるほど巨人は甘くない。

巨体の割には速い程度の速度で繰り出される、骨の拳や蹴り。そして、先程から何度も仕掛けられている氷柱。

受けて一撃でやられるとまでは全く思わないけれど、そうそう食らいたいものでもない。

今のところは打撃と魔法は同時に放ってきていないから、直感に任せた回避でなんとかなっている。

それにしても、ほんと何とかなるもんだね。

攻撃の前には、必ず強い敵意が向けられる。

身の危険を感じる直感に合わせて早めに身体を動かすことで、ギリギリ回避できているわけだけど。

逆に言えば、敵意を感じてから私レベルの速さでも間に合う程度には、攻撃まで間があるかな。

これは前も言った気がするけど。昔から第六感というか、危険意識みたいなのが物凄く敏感なんだよね。

普通に生きていく分にはあんまり役に立つことはない……というか役に立ってたら現代日本が危険極まりないことになるけども、まさかこういう場面で重宝するとはなぁ。

「んーー。減ってない」

既に結構な時間、様子見を続けているけれど、不死の呪いは４４４４の数値から変わっていない。

とりあえずこの時点で、時限系である線が消えた……かな。

「んっ。危な……。うーん。カナならこういう時……」

困ったときの親友だ。彼女はこういうときどうする？　どうしろって言っていた？

まず、状況を整理。

突然転送された特殊エリア。

ボス名はジャイアントスケルトン。

聖女になるためのクエスト。

ボスの周りには禍々しいオーラがあって、それには４４４４の数字……。

『ふふっ。こーいう手詰まりっぽい時こそな。冷静になるんや。案外ヒントっちゅーもんは近くに転がってるもんや』

カナのこんな言葉を聞いたのは、何時だったか。

私が観《かな》ていた親友は、いつも自信満々に困難を乗り越えていた。

わたしも、必ず。


もう何度目かもわからない氷柱を避けながら、今度は自分の手札を思い返す。

と言っても、ＧＡＭＡＮと浄化くらいしか……ん？

「っ！　わかっ、た!!」

大体、読めた。

自分の考えを裏付けるために、私は行動に出る。

「いくよっ。【浄化】」

まずは様子見だ。HPを500消費して、【浄化】を発動。

祈りを込めて、ジャイアントスケルトンに右手をかざす。

「………よしっ！」

先程まで、まるで機械のように打撃と魔法を繰り返すだけだった奴の動きが、今日初めて揺らぎを見せた。

名前：ジャイアントスケルトン
LV：？？？
状態：不死の呪い（3866／4444）

良し！　ちゃんと減っている。

コレが普段の浄化同様に一撃で削りきらないといけないと言われたら、流石に不可能だった。

名前：ユキ
職業：重戦士
レベル：19
HP：2634／3465
MP：0

すぐにポーションを取り出して、服用。
今更気づいたけど、HP回復するの忘れてこっちに来ちゃってる。
いきなりGAMANを使う流れじゃなくて、寧ろ助かったのかもしれない。
またも繰り出される拳を先読みで躱しながら、二発目の『浄化』を打ち込む。
今度の消費HPは、1700。
狙い通り、残りの更に半分以上を削ることが出来た。

よし。このままいけば。
そう思いかけた瞬間に、また強烈な寒気が身体を襲う。
咄嗟に飛び退いた瞬間、鋭利な柱が地面から突き出てきた。

安心する間もなく、もう一度。今度も、しっかりと回避。

リキャストタイムが終わったポーションを使って、HPを回復した。

「これ、でっ！」

三度目の、浄化。

ジャイアントスケルトンの周囲を覆っていた闇の瘴気が、完全に消え失せた。

名前：ジャイアントスケルトン
LV：？？？
状態：憤怒

うわ、怒ってるし。

カタカタと音を鳴らしながら踏み込んできた巨人が、骨の拳を振るってくる。

大丈夫。特段速くなったわけでもない。

狙いのわかりやすい、ストレートな打撃を回避。

連撃してきたところで、結局スピードがなければ当たらない。

敵意から相手の狙いをしっかりと読み取って、なんとか躱していく。

「ん？　あと、一個か」

ポーションを使う。これで残りは一個。自分のHPは、七割といったところ。

こうした長めの戦いになってくると、最初にとった持続回復が生きるね。ポーション一本分くらいにはなってる気がするよ。

二歩、三歩と下がって、ジャイアントスケルトンから距離をとる。出来れば最後のポーションを使ってから攻めに出たいからね。

すぐに詰めてくるかと思いきや、やつはその場で右腕を掲げた。


また氷柱かと、先んじて一歩下がる。

だが、そうでは無かった。

冷気が生み出され、空中に収束していく。

「やばっ！　【GAMAN】」

これはマズイ。咄嗟に【GAMAN】を発動。

その瞬間、猛烈な吹雪が吹き荒れ始めた。

凍てつく冷気が身体に吹き付け、鋭く尖った氷の粒が私の身を削る。

それだけでは無かった。吹雪が止んだ瞬間、真正面からとてつもない衝撃を食らい、吹き飛ばされる。

いつの間にか距離を詰めていたジャイアントスケルトンによる、渾身の打撃。

クリーンヒットしたそれは、吹雪と合わせて私の残りＨＰを九割以上削り取った。

「ぐっ……耐えた、もんね……！　『解放』！」

よろめきながらも立ち上がり、右手をかざす。

私の背丈ほどにまで膨らんだ光線が、ジャイアントスケルトンを呑み込んだ。

最大火力の七割にも満たないとはいえ、それでも２５００は優に超えるほどの威力。

それは奴のＨＰの大部分を削ると共に、大きく仰け反らせることに成功した。

「足りないっ……でも！」

すぐさま最後のポーションを使用。ＨＰが１４００程度にまで回復する。

全身を震わせ、何らかの攻撃に出ると思われる骨の巨人。ＨＰがかなり減った今、どんな強烈な攻撃をしてくるか分からない。

けれど。

「私の方が――速い」

静かに呟いた私の手から、【浄化】の光が放たれる。

それはジャイアントスケルトンを包み込み、その存在を確かに天へと導いた。

◇◇◇◇◇◇◇◇

【ジャイアントスケルトンの討伐に成功しました】

【浄化】が決まり、ジャイアントスケルトンが天に還った。
元のフィールドに戻され、同時に多くのインフォが鳴り響く。
【ジャイアントスケルトンの討伐に成功しました】
【特殊クエスト『聖女への道　終』を完了しました】
【特殊職業『聖女』の資格を得ました】
【只今の戦闘経験によりレベルが20になりました】
【只今の戦闘経験により『聖属性の心得』が『聖属性の極意』になりました】
【只今の戦闘経験により『格上殺し《ジャイアントキリング》』を修得しました】
【クエスト達成報酬により『神の試練を乗り越えし者』を獲得しました】
【特殊ボス討伐によりボーナスポイントが付与されます】

「おわったぁぁ～～!!」
思わず地面に座り込む。力が抜けちゃった。
『8888』
『うおおおお』
『8888888』
『おつ』
『お疲れ様』

『良い戦いだった』

『おつー！』

「ありがと～ 駄目だ。力入んないや」

『激戦だったもんな』

『アチアチだった』

コメントの人たちが労ってくれるのが、心に染みる。

頑張ってよかったーー！ って、そんな感じ。

「一つ一つ確認していくから、ちょっと待ってね」

まずは増えた技能二つを確認していこう。

一つは進化っぽかったよね。

技能：聖属性の極意
効果：聖属性攻撃の威力を10％向上させる。

技能：格上殺し

効果：相手のレベルが自分より10以上高い時、ＳＴＲとＩＮＴの値を20％増加させる。

聖属性の極意は、単純に強化って感じで嬉しいね。

10％ってかなり大きいんじゃないかな……？

格上殺しは……うん。これ私に関係ないや。

「ジャイアントキリングとかいうスキルもらったんだけど、効果がＳＴＲとＩＮＴの割合上昇だってさ」

『草』

『0に何かけても0なんだよなぁ』

『完全死にスキルｗ』

『極振りの宿命』

期待通りというべきか、視聴者さんたちは盛り上がってくれているかな。

……はい。供養おしまい。間違いなく有用なスキルではあると思うんだけど、残念ながら私には縁がなかったと言うことで……。

気持ちを切り替えて、称号。

称号：神の試練を乗り越えし者
効果：神職に就くＮＰＣからの好感度に大幅上方補正。
説明：神から与えられた試練を見事乗り越えた者の証。これを持つものだけが、神の奇跡を扱う資格があるとされる。

うーん。これまた表現がご大層な。
結構曖昧だけど、まぁこれも持ってて損は無いって程度の認識で良いだろう。
神の奇跡ってなんだろうね。
忘れないうちに、ボーナスポイントも振っておく。
これで最大ＨＰは３７１３。うんうん順調だ。
さあて！　これでほかの確認は終わったかな。
いよいよお待ちかね、職業に触れよう。
「みんなお待たせー。いよいよ、クラスチェンジに触れるよ」
『お』
『待ちわびた』
『みせてくれるのか』

『気前いい』

『やったぜ』

「せっかく配信してるからねー。転職に関しては、見せられる限りウィンドウ可視化しとくよ」

盛り上がるコメントを横目に、ウィンドウを操作。

【クラスチェンジができます】という通知があるのを確認して、タッチする。

【レベル20に達したため、クラスチェンジをすることが出来ます。今すぐ行いますか？】

【転職先は、以下の三つです。騎士、超重戦士、☆聖女】


ほほう？　騎士と超重戦士ってのもある。

これらが正規というか、普通のクラスチェンジ先ってことかな。聖女だけなんか☆付いてるし。

「お。転職した場合のステータスを表示できるみたい。せっかくだしやってみるね」

ポチポチと画面を操作し、三つそれぞれでのステータス変化を並べてみる。

尤も、ＨＰ以外はほぼ０に等しくて大差ないので、省略で。

名前：ユキ
職業：騎士

レベル：20
HP：4582
MP：0

名前：ユキ
職業：超重戦士
レベル：20
HP：5390
MP：0

名前：ユキ
職業：聖女
レベル：20
HP：3790

ＭＰ：０

「……うーん。私、超重戦士で良い？」
『草』
『笑う』
『ＨＰがｗ』
『自ら聖女の選択肢を捨てる女』
『特殊職業の扱いよ』
「えーだって……全然違うよこれ」
ＨＰだけ考えた時に、1.5倍近くまで差があるのは如何なものなのか。
ほかのステータスの補正が高かったところで、私に関係あるのはＨＰだけだし……。
『まぁでも、わざわざ特殊職って銘打って弱いってことはないのでは』
『そもそも明らかに後衛ポジだしな』
『寧ろ少しでも今より伸びるのが凄い』
『とりあえず餅ついて比較して』
『ぺったんぺったん』
『お前じゃねぇｗｗ』

「ん～～」

ＨＰだけを考えれば、ここは超重戦士で良いだろう。

けどまぁ、ＨＰが自分より高い相手にはまず勝てないって現状をどうにかしたいと思っていたのも事実で。

ゲームを始めた当初は、カナのサポートメインで良いかな～とか思っていたけど。

今の正直な気持ち……もっと色々なことをできるようになりたい。もっと面白そうなことをやりたい。

それに、せっかく配信してるんだから。

今のとこ唯一性があって、ネタになりそうなものを選んだほうが良い……かな！

「お餅食べたくなってきた。落ちていい？」

『いや草』

『どうしてｗｗｗｗ』

『もちつけとは言ったが餅食えとは言ってない』

『それはそれで理不尽だなｗｗｗ』

『転職は⁇』

『今の間は、餅について考えていたのか……？』

『転職《餅》
『まさかの食いしん坊キャラ』

「あはは。冗談。あ、でもご飯に関しては、食べるのも作るのも好きだよ～。一人だと手抜きになるけどね」

無言になりすぎないように他愛もない雑談をしながら、各職業の説明に目を通しておく。

騎士は、正統派というべきか。重装備が可能で魔法にも適応できる万能型戦士といったところ。

超重戦士は、重装備をより突き詰めた感じ。圧倒的防御特化で、装備の重量を活かした攻撃もできるらしい。

……そもそも私の筋力じゃ重装備なんて出来ないんだけどさ。

あれ？　じゃあそもそも装備が強化されたり魔法に適応出来たりって、完全に無意味じゃない？

……こほん。

そして最後が、聖女。これはそのままウィンドウ表示させちゃおう。

聖女　特殊職業

類まれな才に恵まれた者のみがなることができる聖女見習いだが、晴れて聖女と認められるには充分な実績を積んだ上で厳しい神の試練を乗り越える必要がある。

険しく狭き門をくぐり抜けた聖女はまさしく国の宝として崇められ、聖女もまた、来たるべき日に備え更なる修練を重ねるのだ。

HPに1.3倍、物理攻撃力、防御力に0.8倍補正。魔法攻撃力、防御力に1.3倍の補正。

職業技能【聖女】を修得できる。
※これは特別な職業であるため、物語に強く関わることになる可能性があります。

説明文が、まず大仰《おおぎょう》。

すんごい御大層なこと書いてあるけども、これってどうなんだろう。

店の人や受付の人がやたらリアルだったこのゲーム。確かキャッチコピーも『もう一つの世界』とかいうフレーズが入ってたんだっけ。

もしかしたら、聖女って職業は私の考える以上に重くて、ここで選ぶことでなにか大きなことが起こるのかもしれない。

私が聖女なんて選択をとってしまうことが、この世界そのものにまで影響を与えてしまうのかもしれない。

まあ、でも。

「ここまで来て選ばないのは、ちょっと違うよね～」

なにかが起こるなら、その起こったものを全力で楽しめば良い。

私にはカナがいるし、視聴者さんたちもついてくれているからね。

『お？』
『決めたん？』
「うむ。私は、聖女になるよ!!」
『うーんこのセリフのパワーよ』
『「私は聖女になる」』
『切り抜き不可避』
『でで一んって効果音付きそうw』
「あーもう！　またそうやってからかう!!　なっちゃうからね！　聖女に！」
むすっとした表情になりながらも、ウィンドウを操作。
【『聖女』を選択しますか？】
もちろん、イエス。

【プレイヤーネーム　ユキのクラスチェンジが完了しました】
【レベルキャップが開放されます】
【職業技能『聖女』を修得しました】

「おー……おお？」
流石に、聖女になった瞬間に衣装が替わるだとか、なにか演出があるとか、そういうのは無かった。

神が認めるーとかクエストに書いてあった気がするし、イベントでもあるんじゃないかと期待してたんだけども。

体の感覚が変わるということもない。いやまぁ、もともとHP以外0なんですけどね。

ただ、間違いなく私のステータス欄には聖女と記載されていた。

「えーと。聖女になったみたい……です？」

『疑問形w』

『語尾にハテナみえてるぞ』

『実感なさそう』

『演出とかはないんだね』

『たしかに』

「ねー。なにもないんだねぇ」

あ、そうだ。技能が新しく増えたんだっけ。そっち確認しなきゃ。ウィンドウを可視化して……っと。

職業技能：聖女

説明：特殊クラス【聖女】専用に割り振られたスキル。多くの技能を内包し、持ち主とともに成長する。

内包技能：【祈り】【唄】【聖魔法】

「ほう……ほう⁉」

『成長系のスキル？』

『なにそれ』

『でも普通のスキルも別に成長するよな。属性魔法とか武器系とか』

『あー』

『どういうこと？』

「ん～どういうことだろう。フレーバー要素的な感じなのか、意味があるのか。ま、しばらくしたら色々わかるんじゃないかな」

『せやね』

『たしかに』

『内包ってのが興味深い』

『増えるのかな』

『唄』

『うた』

『お？』

『運営様もお認めになった』

『神ヴォイス』

『ほう』

「ちょっと待ったその話は今は無し！！！　恥ずかしいから！　それに運営さんが認めたって、違うでしょたまたまでしょ！」

ああもう。好き勝手言ってくれちゃって。

いくらなんでも、あの一回だけでスキルに関わってくるわけないでしょうに！


気を取り直して。

えっと、聖女になった影響があるかどうかであったり、そもそもエリアボスどうなったんだってことであったり。

あとは、内包技能とやらの確認もか。

今すぐ確かめたいことは沢山あるんだけども、流石にそろそろ時間も押している。

こっちの空腹は探索しながら携帯食で済ませてあるけど、現実のほうの満腹度ゲージも危ない。

「まだまだ気になることはあるとおもうけど、一旦ここで切り上げるね！」

『お？』

『ああ、もう夜だもんね』

『ぶっ通しだったもんな』

『ワイも晩ごはん食べてないわ』

『俺もだ』

『俺も』

『夜勤なう……九連目』

『あっ』

『お疲れさまです』

「そうなのよ。だから一旦休憩。と言っても色々気になることも多いし、二十一時くらいからもう一回配信するね。夜勤の人は強く生きて……！」

例の夜勤の人、しっかり継続中なんだね。

ん？　ちょっと待て。なうってなんだ大丈夫なのか。

ま、まあそこは本人に委ねよう。自己責任ってやつだ。当然。

「それじゃあ、配信切るね。ばいばい！」

カメラに手を振って、配信を終了する。

ふわふわ～とこちらに飛んできたドローンをなでてあげると、くるんと回って消えていった。

さて、じゃあちゃちゃっと用事済ませて、戻ってきますか。

最後に、今もログインしているカナにメッセージを飛ばして。私はログアウトを選択した。

第四章　凄女な聖女

意識が浮上する。外はすっかり日が落ちていた。

よいしょとベッドから起き上がって、身体をほぐす。

とりあえず、ちゃちゃっとご飯を作ろう。今日はカレーにするつもり。

作ると言っても、お昼のうちに下ごしらえとしてかなり進めてあるので、大した工程は残っていない。

手際よく作り終えて、器によそう。お皿はもちろん、二人分。

理由は言うまでもなく――

ピンポーンと、インターホンがなった。

配膳をいったん止めて、応対する。

「はいはい」

「来たで」

「開いてる」

「ん」

ガチャっと音を立てて、玄関の扉が開かれる。

私は出迎えに出る……のではなく、配膳の続きだ。

「なんやなんやー親友の到着に出迎えなしかー?」

「お腹すいてるかなって」

「うーん否定出来ん!」

「ふふっ。じゃあ食べよ」

「手ぇ洗ってくるわ!」

カナが手を洗っているうちに配膳も終わり、二人揃って着席。

手を合わせて……『いただきます』

「ん〜〜うまぁ」

「そう?」

「さすが深雪やで!」

「ふふ。まぁカレーは失敗するほうが難しいってよく言うから」

料理は分量と愛情ってお母さんが言っていた。

正確に量った上で気持ちを込めて作れば、絶対に美味しいものが作れるってお話。

……違うわ。それお菓子作りのことだ。ごはんは割と大雑把に作っていた記憶がある。

「それはそうと、かなりぶっ飛んだことになってきたみたいやん?」

「そうなんだよ〜S3エリアあったでしょ? あそこのボスに挑もうとしたら変なことになっちゃって」

晩御飯を食べながら、のんびりと雑談。

話題はもちろん、Infinite Creation のことだ。

あっという間に食べ終わって、片付けを進めながらも話は続く。

二人揃って同じゲームをやりこんでいると、無限にその話ができるからとても楽しいね。

さて。盛り上がっているうちに、気づけばもうすぐ二十一時。

「あ。そろそろ時間だ」

「配信続きするんやっけ?」

「そーそー。まだ確認してないものもあるんだ」

「あー、内包技能ってやつ」

頷きを返す。さっき大体は話したから、改めて触れはしない。

今日はこのままお開きということになり、玄関まで見送る。

「あ、せや。明日の休み、ウチに泊まりにけえへんかってお母さんが」

「あ、ほんと?　やったー行く!」

「おっけー決まりや。伝えとくわ」

「お願い~~」

ひらひらと手を振って、奏は帰っていった。

明日お泊りか~。結構久しぶりだなぁ。

カナのお母さんが最近ずっと忙しかったから。一ヶ月ぶりくらいかな?

ふふ。楽しみ。明日はお土産にクッキーでも焼こう。

さて。じゃあそろそろゲームしよっか。

SNSを開いて、『予定通りこれから再開します』とだけ発信。

さ。やっていきましょーか！

◇◇◇◇◇◇◇◇

ログインした私は、すぐにカメラを呼び出す。

「ん。じゃあよろしくね」

ふよふよと飛び始めるカメラドローンを撫でてみると、くるりと横に一回転。

ちょっとしたことに和んでいるうちに、配信中との表示が右端にでてきた。

「お。どうかな。始まったかな」

『わこ』

『わこつ』

『待ってた』

「大丈夫そうだね。みんなこんばんは〜ユキだよ」

軽く手を振って、挨拶。

さっそくだけどもウィンドウを可視化していこう。

「開始早々だけど、内包技能をチェックしていくよ」

『おー』
『８８８』
『早速すぎるｗ』
『いいね』
『楽しみにしてた』
私も気になっていたからねぇ。まず最初は……。

技能：祈り
効果：自身のＨＰかＭＰを代償に捧げて発動。単体のＨＰとＭＰを回復する。効果量は代償の半分。

「いきなりピーキーなの来たなぁ!!」
『草』
『何故か対応されるＨＰ』
『ＭＰが枯渇した時もその身を犠牲にできるとかいうコンセプトなんだろうね』
『なお』
まさかの自己犠牲スキル第二弾。まぁ、実情はコメントの通りなんだろうけども。

ここの運営さんはあれだね。多分だけど聖女に献身性とかを求めているんだろうね。
なにはともあれ、HPを使えるのはありがたい。少なくとも選択肢の一つにはなる。
……現状、使えるタイミングはまったく想定できないけど。
さて。次のやつ行こうか。

技能：唄
効果：特別な効果が刻まれた唄を歌う。消費はない代わりに、ある程度歌うことで初めて効果を発揮する。
『鎮魂歌《レクイエム》』『聖譚曲《オラトリオ》』
『子守唄《ララバイ》』

ほぉ……ホントに歌うことをある種の手札にできるということなのか。
そう言えば、このゲームって詩人みたいな職業はまだ出てきてないよね。
『これからは定期的に歌聴ける説』
『神か？』
『運営わかってる』

『いや最後よｗ』

『各歌ごとに効果違うん？』

「えーと、レクイエムが不死属性へのダメージ並びにデバフ効果。オラトリオが広範囲回復だって。最後は……うん。攻撃ダウン稀に睡眠付与って書いてる」

『草』

『いやかなり有用なんだがｗ』

『これもう戦闘の度に子守唄では??』

『わざとだろ運営ｗｗｗ』

『配信で子守唄連打する配信者ｗ』

『最高かよ』

「しない！　しないからね!?」

くそう。このわざとらしく三つ目に入って来ている感じ、運営もわざとねじ込んできたんじゃないかって錯覚してしまう。

まあ、わざわざ歌わないといけない時点で、使い道は難しそうだけどなぁ。

それこそ、大人数同士の戦いとかで安全圏から使用するくらい？

基本的にはＧＡＭＡＮのほうが効率よいもんね。

ちょっとだけ釈然としない思いはあるけど、次行こ、次。

「最後の一つ、行くよ!!」

『おっ』

『三つ目』

『なんだっけ？』

『聖魔法』

『おーー』

『魔法か』

『ん？』

『いやw』

技能：聖魔法
効果：聖属性の魔法を扱うことが出来る。不死や闇の属性に特攻。【ホーリーボール】

「わー！　私にも普通の魔法っぽいのが生えてきたよ！」

カナの火魔法のような、いわゆる普通の属性魔法。

魔法ってものに憧れる気持ちはみんなあると思う。

特に、あんな超威力な親友を観ていると尚更だよね！

ウィンドウを操作して、ホーリーボールとやらの説明をみてみよう。

カナのファイアボールと似たような感じだとは思うけど。

「えーと……ホーリーボール。聖属性。消費MPは5で、威力はINTの値に依存する」

『ほう』

『さてここでユキのステータスを見てみましょう』

『察した』

『MP0！　INT0!!』

『あっっ』

『あ…………』

『魔法性能0の女』

『なお殴ったら強烈なカウンターが飛んでくる模様』

『もはや聖女というより凄女《セイジョ》』

「知ってたよ。ちくしょう!!!!　あとちらっと見えたけど凄女って言ったの誰ですかね!!　表出ろーい！」

『凄女ｗｗｗｗ』

『聖女と掛けるのか』

『無駄にうまいな』

『天才か??』

『割とピッタリで草』

「ぴったりちゃうわ！　……コホン。ということで、聖女とやらで軽く戦ってみようと思うよ」

咳払いを一つ。とりあえずセーフティエリアの外に出た。

慣らしの面もあるし、新エリアに行く時間はなさそうなのでＳ３方面だけどね。

『お、おう』

『切り替えたｗｗ』

『怒ると関西弁でる系凄女か』

『カナの影響かな』

『てぇてぇ』

『凄女は切り替えが早い』

「ちょっとまったあんたらそれ定着させるつもりじゃないだろうな⁉」

漢字の意味を考えてみてほしい。凄惨な女ってことでしょ。いくらなんでもそれはないんじゃないか。

こちとらごくごくふっつーーの女の子だぞ！

『え』

『完璧だと思うんだけど』

『殴られて』

『刺されて』

『ふっ飛ばされて』

『ダメージチャージしてカウンター』

『凄惨だなｗ』

『→やばいｗ』

『……ドM聖女？』

『それだ』

『わろた』

『生贄の少女』

『草』

ほんっと好き放題言ってくれちゃって。怒るよ？　わたし。

だけど、100％否定しきれない自分がいる。よけいに辛い。

もやもやとしたものを抱えながら歩いていると、案の定、スケルトンたちがわらわらと湧いてきていた。

「ああもう。早く天に還んなさい。【浄化】【浄化】【浄化】」

『笑うんだが』

『雑いｗ』

『こなれたもんだなぁ』

『ＨＰがゴリッゴリ減ってくｗ』

数体のスケルトンを片っ端から浄化していく。ポーンポーンとインフォがなった。
なんだろう。レベルアップには早いとおもうけど。
『只今の戦闘経験により【浄化】が強化されました』
『只今の戦闘経験により【聖女の歩み】を修得しました』
ほほう？　強化。これは初めてのものかな。
もう一つは技能。早速観てみよう。

技能：浄化☆
効果：任意の量のＨＰもしくはＭＰを利用して発動。威力がＨＰを上回っていた場合、対象を浄化する。不死属性を持っている相手にのみ効果があるが、一部の存在には効果が無い。聖属性。☆威力は消費分の二倍。
強化条件：聖女見習いとして初めて【浄化】を成功させる。

星が付いた！　効果としてはシンプルに威力が二倍……え？　強くない？
とりあえず、これも可視化しておこう。
『ファ!?』

『超強化じゃんｗ』

『寧ろ今までが弱すぎたまである』

『あーたしかに』

『見習い？』

『聖女じゃないんや』

「あれ？　ほんとだ。見習いってなんだろう。今の私が見習いってこと？」

考えられるとしたらそれくらいだろうけども。

あれ。でも、神に一人前として認められる云々って書いてなかったっけ。

『あれじゃない？　クエストのほう』

『〝終〟ってなってたもんね』

『あー』

『序とか中みたいなのをすっ飛ばしたせいでバグってる的な』

『バグとまでは言わないけど、本来は見習い段階があった』

『ありそう』

「あー。にゃるほどね。たしかにそういうのはあるかも～」

唐突に生えてきたし、そのままボス戦になっちゃったから忘れていたけど、そういえばクエスト名からして違和感あったんだっけ。

元々は段階を踏むはずだったものをすっ飛ばしちゃった分、今そのしわ寄せが来てタイミングがおかしなことになっている……みたいなことはありそう。

「ん⁉　じゃあ、本来は浄化の威力二倍でやれたかもしれないってこと⁉　やけにむちゃな設定だと思ったんだよ～～!!」

『わろた』

『あくまで可能性だから』

『事実っぽいんだよなぁ』

『本来の想定威力ぶっちぎってる説ある癖になにを』

『ほんそれw』

『威力半分にしたうえでなお想定の二倍くらいの火力だしてそうだよなw』

うぐ。そう言われてしまうと何もいえないんだけどさ。

たしかに、圧倒的ライフで殴った自信はあるもんね……!!

「つ、次のやつ共有するよ!!」

技能：聖女の歩み
効果：移動阻害効果を無効。精神攻撃に対して強耐性。
神の意思を継ぐ聖女の歩みを止めることは許されない。

うわ。またなんか、御大層なものが生えてきている。
これが特殊職業の恩恵ってやつなのかな。移動阻害効果って、もしかして？
『そらしたw』
『すぐ逃げるんだから』
『お？』
『おお』
『強くない？』
『普通に有用そう』
『凄女の歩みですし』
『→お茶返せ』
『これＧＡＭＡＮも歩けるのかな』
「わかる！　私もそれ気になった。なんとなくいけそうな気がしない？」
『どうだろ』
『いけそう』
『いけたら強くね？』
『強いってか便利そう』
使ってみれば早いかな。

あ、でもこれ確か、ダメージ与えればデバフ解除とかそんなんだっけ。

戦闘外の場合どういう扱いになるのかわからないけども、念のため解放までワンセットにしておこうか。

てきとーにうろつく。昨日からわかっている通り、ここはあっという間にスケルトン達に囲まれる。

特に変わった様子もない骨軍団が、剣を振りかざしてわらわらと歩み寄ってきた。

【GAMAN】……やっぱり少なからず怖いものがあるんだけど」

『絵面がなぁ』

『ホラー映画顔負け』

『無抵抗で斬られて平気な感性はちょっとわからない』

『無抵抗で斬られて兵器な感性？』

『→だれうまｗｗｗ』

「平気ってわけでもないよー。そして私はウェポンの方のヘイキではありません！」

まあでも、こうしてコメントを拾えている時点で割と大丈夫なのかもしれない。心に余裕があるって言うのかな。

兵器扱いは納得いかないが！

あ、忘れるところだった。ここから移動できるかどうか試さなきゃ。

身体の感覚からして、既になんとなく察してはいるけどね。

そーと、一歩後ろに下がってみる。うん。問題ない。

「移動、できるわこれ」

『おーー』

『つよつよじゃん』

『聖女になって一番の強化ポインツでは』

『移動できたところで感』

『スピードがなぁｗ』

『立ち位置修正できるのはつよいね』

元々大して速度があるわけじゃないので、そこまで状況が大きく変わるわけでは無いと思う。

それでも、やっぱり移動できるっていう安心感は大きいね。

「行動は……流石に駄目か」

斬りかかってくるスケルトンに対してぱんちを試みたものの、流石にそれは身体が重くて出来なかった。

まあ、『行動不能』と言ってもこれまででわかっている通り、体勢を整えるとかはできるから充分かな。

流石に、カウンター準備しながら他の行動まで可能だったら強すぎるもん。

例えば、ＧＡＭＡＮしながらポーションを使い続けるとかを一人でできちゃうわけで。

「よいしょ。じゃあとりあえず君たちは……天に、還りなさい！」

幾度となく斬られ、HPが残り少ないところまで減ってきたのを確認して——解放。
ゆっくりと掲げられた手から、天に向かって力が放出されていく。
手が振り下ろされた瞬間、光線が雨のように降りそそいで。
それが止む頃には、地上に蠢いていたスケルトンたちは揃って姿を消していた。
「ふぃーーー。しんどい」
『おつ』
『相変わらず壮大』
『発動の瞬間はカッコ良いんだよな』
『まさに天の怒り』
『なお準備期間』
「もー。隙あらば、からかうんだから」
カメラに向かって、頬を膨らませる。
あんまり揶揄ってるといつか本気で怒るかもだぞー。
『かわいい』
『かわいい』
『いやそれ反則』
『かわいいw』
『逆効果なんだよなぁ』

『可愛さ自覚して？』

「うえっ⁉　き、急に褒め出すのやめて⁉」

『照れた』

『かわいいｗ』

『テレテレユキちゃん』

ああもう、ホンット自由なんだから！

ばっと、カメラに背を向ける。顔が熱い。

「ほらもう、回復して次行くよッ！」

インベントリを操作。ポーションを……あ。

ポーション切らしてたんだーーー‼‼

◇◇◇◇◇◇◇◇

夜のＳ３エリア。

広範囲への攻撃で一時的に平穏が訪れているその場所に、私は居る。

残りＨＰは一割以下、回復アイテムなし。うん、まずいね！

「ちょーーっと走るよ！」

『お？』

『どしたん』

「いやー。ポーション切らしちゃってたの、忘れてた」

『草』

『いやいやw』

『悲報　受けるライフが尽きる』

『配信終了のお知らせ』

『真面目にまずくない？』

「まずい。とってもまずい！　わたし、ライフがないとなーーんもできない!!」

これは本当にまずい。私の唯一無二の攻撃手段【ＧＡＭＡＮ】に、アンデット限定で火力になる【浄化】。

どちらも、高いＨＰが必須だ。

こんなところで死に戻りなんてしたくない。近いのは……Ｓ３セーフティエリアか。

新しいスケルトンがわらわらと湧いてくる前に、急いで走り出す。

ＡＧＩ０の走りは、正直なところ大した速さではない。リアルの私は、そこまで運動が得意ではないからね。

だけど、急がないよりは遥かにマシだ。

早くも、カタカタという声が聞こえ始める。こんなにリポップ早かったっけ。

囲まれたら終わりだと思いつつも、少しでも速く足を動かす。

『うわぁ』

『スケルトンが……ｗ』

『めっちゃ追ってくるじゃん』

『だが、遅いｗｗ』

『ＡＧＩ０の聖女と下級骨兵士だもんな』

『亀と亀の追いかけっこｗｗ』

『いい勝負すぎて草』

やたらとコメントが盛り上がっている。ちくしょー他人事だと思って！

「こっちは必死なんだぞー！　それと私は見世物じゃな……いやそうだったわ」

『笑った』

『余裕あるじゃん（』

『配信だもんね。見世物だよね』

『自己完結ｗ』

そうこうしているうちに、もうエリアボスのゲートは視界に入っている。

あと数メートルというところで、前方地中から敵意が飛んできた。

数は多分一。なら、問題無い！

「邪魔ぁぁ！　【浄化】」

地面が僅かに盛り上がる。その瞬間に、目の前へ向けて【浄化】を放った。威力は、ＨＰの限界ギリギリ。

まさに今、ズズズっと身体が浮かび上がろうとしていたスケルトンに直撃。消し去っていく。

『え』

『やばw』

『先読み？』

『今のやばいな』

『未来を視たのか』

『一瞬地面盛り上がってたね』

『あー』

『先置きヒールならぬ先置き浄化だ』

『→いつの時代のMMOだ』

『いやそんな次元じゃないだろw』

『直感の化け物なんだよなぁ』

開けた視界。飛び込むようにして、セーフティエリアに入った。

寄ってきていたスケルトンが帰っていくのをみて、ほっと息を吐く。

「ふい～。危なかった」

『おつ』

『お疲れ様』

『観てて面白かった』

「こっちは大変だったんだけどねー」

思わず地面に座り込んで、ぐっと伸びをする。

顔の前をふよふよと浮かんでいるカメラドローンをみていると、何となく笑ってしまった。

時刻は……もう二十三時前か。早いね。

「それじゃー、そろそろ今日は終わろうかな」

『おわるのか』

『短め？』

『まぁ時間も時間だからな』

「そうなんだよねー。あんまり夜更しはしたくなくて。色々と良くないじゃん？」

『えらい』

『心に刺さるｗ』

『それカナに言ってあげて』

『無限に言ったんだろうなぁ……』

「あはは、正解。あれは言っても止まんないから。たまに学校の日でも全然起きなくて、起こすの大変なんだよね」

『圧倒的保護者感』

『本当に同い年……？』

『朝弱いのはわかるんだよな』

『ユキママだったか』

「だーれがママだ。断固拒否だよ。もう」

『えー』

『殺生な』

『ママー』

「やんないって言ってんでしょうがっ！　カナに焼かせるぞ！　……コホン。明日は多分朝九時には始めると思うから、よかったらみてね」

『カナｗｗ』

『草生えますわ』

『凄女様のチャッカマンで笑う』

『たのしみ』

『観る』

「それじゃあみんな、今日もありがと～」

ひらひらと手を振って、終了。

そのままログアウトして、今日もまた楽しい一日が終わった。

◇◇◇◇◇◇◇◇

そして翌朝。朝食を取ってから軽く体を動かし、いくらか勉強を進めるというモーニングルーティン。

いつも通りのそれをこなした私は、きっかり九時にまたログインをする。

ベッドに横たわり、装置を起動。

ちょっとした浮遊感を感じているうちに、気付けばＳ３のセーフティエリアに立っていた。

念のため、ＨＰを確認。

うん、問題なく全快しているね。自然回復さまさまだ。

メニューを操作して、カメラドローンを呼び出す。

現れるやいなや、私の周囲をくるくると回り始めるドローン。思わず笑顔になっちゃうね。

「今日もよろしく」

なんとなくそんな声をかけて、配信を開始する。

うん。問題なく始まったみたい。

「はーいみんなおはよう。今日も配信やってくよ」

『わこ』

『わこつ』

『おはよう』

『今日も可愛い』

『わかる』

「みんな朝からありがとー。そこ、反応に困る言葉は止めてもらえると助かるなぁ」

『照れた』

『照れたね』

『かわいい』

「っ……毎回毎回調子乗らないでっ！　探索出るよ！」

コメントにからかわれて探索を始めるのが、もはや日課みたいになってしまっている気がする。

非常に、ひっっっじょうに納得がいかない。

『え？』

『そっち？』

『逆じゃね？』

『凄女サマ方向もわからないなった⁇』

「わからなくなってないわ！　いや、ちょっと考えたことがあってさ」

早速Ｓ４の方面に歩きだそうとすると、いくつか懐疑的なコメントが浮かび上がってきた。

うん、まぁそういう反応になるよね。でも、ちゃんと理由があるんだ。

「私の今のＨＰって、４００４なんだけども。回復アイテムが尽きている以上、自動回復を除いたらもうこれっきりな訳ですよ」

『ほう』

『せやな』

『これっきり（四千）』

『事実ではある（震え声）』

「なので、いちいちエネミーを相手していったら、途中で体力が足りなくなる可能性が大いに有る。それならば、敵無視してエリアを突っ切ってしまえばいいんじゃないかなって。名づけて、『ライフで受けてライフで逃げる大作戦』」

『は？』

『脳筋で草』

『結局何も考えてないのでは』

『それは作戦と呼ばねぇｗｗｗｗ』

『それで何で先に？』

「んー。魔法をガンガン遠距離から撃たれるのが確定しているＳ３は、避けられなくて突っ切る過程で耐えきれないかもしれないから。それなら、未知のＳ４の方に賭けてみようかなって。それに、そろそろ拠点的なものがあってもおかしくないと思わない？　街とかさ」

『あーー』

『なるほど……？』

『うーん』

『普通に考えるとＳ４の方がキツそうなんだが』

『街の存在に賭けるのは笑う』

「こっから見えてるんだけど、S4は平原っぽいんだよね。平原抜けたら次の街……とかありそうかなって」

『うーん』

『言われてみれば』

『ゼロでは無さそう』

「でしょ？　まーそれに、特攻して最悪ダメだったらそれはそれでネタとしてオイシイかなって」

『草』

『配信者の鑑じゃん』

『確かにどう転んでも美味しい』

『そういう問題なのかｗｗ』

「カナも言ってたしね。配信のコツは面白そうなことに突っ走ることだって」

迷ったときこそ直感を信じろ。これは誰の言葉だったかな。

だめだったところでそこまで痛くもないしね。この際ガンガン突っ込んでしまおう。

「それじゃあ、早速いってみよーー！」

『おー』

『やらかしの予感』

『これはあかんやつ』

『皆期待してなくて草』

『いやこれこそ期待だろ』

好き勝手騒いでくれちゃっているコメント群。

ふーん。観ているがいいさ。きっと新しい街にたどり着いてみせるから。

威勢良く、Ｓ４方面へと足を踏み出す。

じめっとした湿地は終わりを告げ、視界に広がるは一面の大草原。

左手からの陽射しが、少しだけ眩しくも暖かい。

「さてさて。そーいうことでやって参りましたＳ４エリア。先程までとは打って変わった一面の大草原。からっと晴れた空気は澄み渡っていて、気持ち良ささえ感じさせます」

『お、おう』

『せやな』

『急にどうしたｗ』

『奥に雲、見えない？』

「ぱっと見、エネミーの姿は見えません。回復アイテム無しで新エリアを突っ切るという、今世紀最大級の無謀に挑むユキ選手。その滑り出しとしては順調と言って差し支えないでしょう」

『いやだからどうした』

『流したｗ』

『無視したｗｗｗ』

『自分で無謀言ったよこの娘』

『まあ実際そうだし』

「……という訳で、どんどん突き進むよ。今回の作戦は明快。敵がいようと、ただただ突っ切る！」

『実況終わるんかーい』

『脳筋で草』

『それを作戦とは言わないんやで』

『知力0か？？？』

『インテリジェンスは0だね』

『確かにwww』

『マジでなんもやらんのw』

『マラソン大会始まるってマ⁉』

「良いんだよ！　あ、でも強いていうなら、折角歩けるようになったし……『GAMAN』っと。どうせ走り続けるにはスタミナ持たないし、なんなら走ったところで逃げきれるとも限らないからね」

『草』

『GAMAN使ってフィールド渡りきるつもりなのか……』

『ダメそうなら最後にぶちかます未来が見える』

『死なば諸共ってか』

『爆発確定の時限爆弾とかモブのほうが不憫だな』

『もはやテロじゃん』

「まあ、だいたい皆の予想通りかな。もし無理そうでも、最後にまとめて敵さんを道連れにするつもりだよ」

勢いに困惑しているコメントを置き去りに、私はどんどんと歩き始める。

この感じ、一番最初の時をちょっと思い出すね。

ある程度進むと、目新しいシルエットが視界に収まる。

全身緑色の小さめな身体にはボロボロの腰巻きしか着けておらず、装備もあれは……木？　ともかく、貧弱そうだ。

……いや、わたしの装備も大概だけどさ！

名前：ゴブリン
ＬＶ：５
状態：平常

おお、出た。ファンタジーの王道、ゴブリン。

創作《フィクション》なら殆ど皆勤と言っても過言じゃないかというほどの知名度を誇る。

種族や強さの扱いはまちまちであるけれど、インクリにおいては序盤に出てくるモブエネミー……という立ち位置かな。

一体見つければ十体いるものと思え……という言葉もあるように、気付けば辺りには多くのゴブリンが徘徊していた。

レベルは3～5とバラバラ……おや。ちょっと装備が違うのが交じってるね。

名前：ゴブリンファイター
ＬＶ：10
状態：平常

革っぽい盾と石の剣を携えた、上位種っぽい存在。

遠目に見えるアイツが、集団のリーダー格みたいな感じなのかな。

なんかあれ、ふんぞり返ってない？　こっちに来る気配すらないんだけど。

「これ、もしかして賭けに勝っちゃった感じ？」

『ほう？』

『レベル下がったね』

『ワンチャンありそう』

『そんなことある？？？』

『正解だった説でてきたな』

敵のレベルがもっと上がるかと思っていたところに起きた、真逆の現象。

希望的観測をするならば、この先にそれなりの規模の街がある可能性が増えたと言って良いだろう。

大きな都市の近くだから魔物も弱い……ありそうじゃない？

それならば、より脚も速まるといったものだ。

こちらに気付き、わらわらと近寄ってくるゴブリンたちを完全に無視。

一直線に南下する。


グギャ、ギギャ、と鳴き声を発しながら距離を詰めて来るゴブリン。

無視して歩く私と、走ってくる奴らと。どちらが速いかは言う必要ないだろう。

そう。圧倒的に、後者である。

「っ…………絵面、最悪」

あっという間に取り囲まれた。

大した知恵は無いらしく、めいめいが手に持つ剣で攻撃してくる。

「ダメージ的には、問題ない……けど」

威力は、私のＨＰからすると１％にも満たない程度。あまりにもダメージが相対的に見て小さいからか、ノックバックすら発生しない。

チクチクと刺される感覚に近いか。

……これなら、囲まれていても何とかなるかもしれない。

四方八方から斬りかかられながらも、私は無視して歩みを進める。

敢えて悠然とした佇まいを作り上げた。

「……退いて。あんたらなんて、壁にもならないんだから」

堂々と、余裕ぶって。

内心の辟易とした気持ちを押し隠して、不敵に笑ってやる。

目の前のゴブリンが一瞬竦んだのを見て、ソイツを押し退けた。

大丈夫。行ける。

じわじわと減っていくＨＰを横目に確認しながら、ゴブリンの群れの中を突き進む。

一体も倒していないせいなのか、はたまたフィールドに私しか居ないからなのか。

気づけば、見るのも億劫になるほどの数になってきていた。

いつの間にか分厚い雲が空を覆い、太陽を隠してしまっている。

「ひ、人混みの中、掻き分けて進まないといけない有名人って……こんな気持ちなのかな」

辟易としすぎて、変な考えが浮かんできた。

いや、バリッバリの殺意向けてくる時点で全然違ったか。酔いそう。

どれくらい突き進んだだろう。ちょっとずつ、気が遠くなっていくのを感じる。

残りHPは二割を切ったけれど、まだ途切れるようには見えない。

後ろは、もう意識しないことにした。後からまとめてぶっ飛ばしてやるんだから。

「……流石に、無理か」

残り一割を切った。これはもう、限界だろう。

前方からの追加は鈍ってきた気がするけれど、これ以上を切り抜けるには体力が持たない。

潮時だ。蹴散らしちゃおう。

『解放』

その瞬間だった。

身体から薄い白色の霧のようなものが溢れ出し、団子のように押し寄せてきていたゴブリンたちが怯む。

私は導かれるようにして振り向くと、地に片膝を突き、両の手を天に掲げた。

迸る聖気が雲を貫き、天に昇る。

カッ。と一瞬空が光った。

バチバチと強烈な音を出しながら、白いイナズマが堕ちてくる。

いままで見た何よりも強大な聖なる雷《いかずち》は、私の目の前に突き刺さると同時に周囲の音を奪った。

——ドゴゴゴーン!!

耳をつんざくような雷鳴が、辺りに響き渡って。

溢れかえるほどに蠢いていたゴブリンたちは、いまやもう一匹も残されていない。

「へへっ。ざまー、みろってんだ」

流石にふらっと来るものを感じながら、立ち上がる。

正真正銘、これで打ち止めな訳だが……最後にとんでもないモノを見せつけることが出来たし、充分じゃないだろうか。

うんうん。私はやりきった。これで街に戻されるなら、それはそれで……。


そんな、ちょっとした感慨にふけろうとした私の想い。

それは思いもよらぬものによって中断されることになる。

「失礼します。今のは、貴女様が？」

「え？　あ、はい？」

唐突な、背後からの呼びかけ。

反射的に答えながら振り返った私の思考は、思わず完全に止まってしまった。

全身を蒼と白を基調とした鎧に包んだ、いかにも高貴そうな騎士。

青色の盾の中央には、黄色くシンボルのようなものが描かれている。

名前：グレゴール
職業：聖騎士
ＬＶ：１００

……もしかして、やらかしたかな。

こちら、私の目の前に跪いている騎士さんのステータス。

物凄くお高そうな全身鎧《フルプレートアーマー》に身を包んでいるその姿は、どうみてもただ人ではない。

そんなやんごとなきお方が、なぜ、どうしてと思うだろう。

安心してほしい。

私もだよ！　ちくしょうめ!!

「え、えと、あの。貴方は？」

「申し遅れました。私は、バギーニャ王国聖銀《ミスリル》騎士団団長、グレゴール・トルストヤと申す者」

恐る恐る聞いてみたところ、やけに畏まった様子で答えが返ってきた。

声はどことなく女性的というか、ちょっと高めな感じなんだね。

「グレゴール、さん」

「グレゴールで構いません」

「え、いや、そういうわけにも」

「聖女たる貴女様なら当然のことでしょう」

「うえっ。いや、ほら、人違い……」

「ご謙遜を。あれだけの御業《みわざ》をなされていて」

「…………観てた？」

「はっ。しかと、この眼に」

思わずがっくりと項垂れる。

うー。誤魔化しは利かないっぽい。

「……グレゴールは、どうしてここへ？」

「久しく行われていなかった神の試練が起動したとの報告を受けましたので、その確認をと」

神の試練……うん。心当たりしかないね。

あの変なクエストが、たしかそんな説明文だった気がする。

あー……。バレるのかぁ、あれ。

そんなのトラップじゃん。

「神の試練、ですか」

「ええ。それも、神殿ですら与り知らぬという前代未聞のことが起こり、しかもそれが突破されたという訳ですから」

「……なる、ほど」

どうしてだろう。フルフェイスな兜のせいで顔は見えていないはずなのに、物凄く視線が痛い。

一体何をやらかした？　って詰問されている気分だよ……。

「聖女様は……「すみません。ユキ、です」ユキ様は、異邦の者という認識で宜しいでしょうか？」

イホウノモノ
ちょっとまって、また知らない単語が出てきたんだけど。

聞き覚えがあるような気もするけど、出てこない。

「え、えーと………」

『異邦者。プレイヤーたちの総称。逆にNPCのことは現地人《げんちびと》って呼ぶ』

わぁっ!!　コメントナイスすぎる！

そっかそっか、そりゃ聞き覚えあるはずだ。

発売前の紹介PVとかで流れていたんじゃないかな。

「あ、はいっ！　一応、そう呼ばれる存在みたいです」

「なるほど。では、この後お時間は御座いますか？　異邦の者は、突然に元の世界に帰ることも多いと聞き及んでおります」

あー。ログアウトのことかな。そういう扱いになっているのね。

流石にゲーム上、現地の人たちにも理解がある訳だ。

一応時間を確認。

うん。まだ、お昼にもなっていない。

「大丈夫。問題ありません」

「それでは、少しだけご同行いただいても宜しいでしょうか。勿論、異邦の方にあまり時間は取らせないようには致します」

一応問いかけの形ではあるけれど、これって断れるものなのかな？

いやまぁ、別に構わないんだけどさ。

頷いてみせると、彼はすっと立ち上がった。

「感謝します。先導致しますので、こちらへ。露払いは彼らがこなします」

彼ら……？　あ。

グレゴールさんがインパクト強すぎてすっかり気づいていなかったけれど、少し離れたところに四人ほどの騎士さんが立っていた。

皆同じような鎧を着けているので、これも聖銀騎士団とやらなのだろう。

私が目を向けた瞬間、一斉に片膝を突いて頭を垂れる。

一糸乱れぬ、阿吽の呼吸がそこにあった。

見事としか言いようがない所作の後、彼らは微動だにしない。

……ああ、うん。なんとなくわかったよ。

「……お願いします」

ハッ！　と威勢の良い返事と共に、彼らは立ち上がり前方へ向き直る。

私を中心とした半円状の陣形を形成して、このまま前に進むつもりらしい……ということがなんとなく見て取れた。

　こっそり確認したレベルは、全員70を超えている。

　いやまぁ、うすうす察してはいたけども！

「では、参ります」

　グレゴールさんは、私のほんの少し前を歩くつもりらしい。

　一切振り向いていないのに、私と付かず離れずの距離を保っている。

『強制拘引で草』

『今の気分をお聞かせください』

『虜囚じゃん』

『お前はやり過ぎたんだよ』

『聖女、捕虜になる』

『装備の差が……』

『村娘を取り囲む騎士団になってるw』

　救いを求めて観たコメント欄が、一ミリも救ってくれなかった件について。

　私が拾おうが拾うまいが関係なく、あんたら容赦ないのね!!

　まあでも、確かに装備の格差は酷い。騎士団の方々が凄いってのもあるけども、私未だに初期装備だもんね……。

聖銀騎士団の方々に先導されながら、南へ南へと歩いて行く。

しばらく進むと、巨大な城壁が見えてきた。

高さ十メートルはありそうな石の壁が視界いっぱいに広がり、思わず圧倒される。

「うわぁ……」

「バギーニャ王国聖都、ドゥーバです。最前線都市アジーン……ユキ様たち異邦人が舞い降りた地……とバギーニャ南部を結ぶ、非常に大事な都市でもあります」

「なるほど……ん。最前線、なんですか？　あそこ」

「ええ。詳しい話は後ほど。一先ずは神殿へと御案内いたします」

「わかりました」

うん。なんというか、あれだ。

そーいうものだと思えば、案外普通に対応できちゃうかもしれない。

威圧感さえ感じさせる門を通り抜けると、城内へ。

あ、城門に関しては完全に顔パスだった。

門番の方々がすっごい萎縮していたように見えたけど、やっぱりグレゴールさんはとんでもないお方なんだろう。

馬車が何台も通れそうな大通りをしばらく歩いていると、全面が白く塗り固められた巨大な建造物が目に飛び込んできた。

ひと目で察する。あれが、神殿だろう。

そのさらに奥には城のようなものが遠目に見えているが、今回は行かない……というか正直な話、一生いきたくない。

いやだって、お城だよ？　王族みたいなのもいるんでしょ。絶対やだよ。

え？　神殿は良いのか？　ハッ。言わせんなばっかやろー！

そもそも、この集団自体が嫌すぎる。

物凄く頼もしいのはそのとおりだし、なんならこの人達が来なければ死に戻ってただろうことも認める。

けど、それはそれ、これはこれ。一人にでも剣を向けられたら即ゲームオーバーな状況で、緊張しないはずがない。

それに、多分この騎士団の人たちのせいなんだろうけど。

道行く人にまで畏怖の目を向けられるとともに、あれ？　あの中心にいる村娘はナニモンなんだ。みたいな視線がガンッガン飛んでくるんだよね！　きついったらありゃしない。

私は見世物じゃないんだーーー!!

直接的な奇異の目をほうぼうから向けられ続けるのは、いくら配信に慣れてきたとはいえ流石に心に来るものがある。

新しい街に興奮冷めやらぬ様子のコメント欄を眺めるのが、唯一の心の安寧。

おいそこの『ドM凄女の行脚《あんぎゃ》w』とかコメントしたやつ、絶対許さないからな。

私はドMでも凄惨でもないし、別にこれは目的があって歩き回っているわけではないの。

寧ろ拘束されているの！

『凄女の押送《おうそう》が正しいかな』

「あんた絶対カナに焼かせるからね」

「ユキ様？」

「あぁっ！　いえ、なんでもないんです」

「そうでしょうか。何かありましたらなんなりとお申し付けを」

……危ない。うっかり殺意の波動に目覚めるところだったわ。

つい漏れ出た声が聞こえたのだろう。訝しげに振り向いた騎士様を、全力の愛想笑いでごまかす。

納得したかはわからないけど、とりあえずは追及されなかったので良しとしよう。


そうこうしているうちに神殿に入り、奥の一室に通された。

グレゴールさんは一時退出なさって、部屋に残されたのは私一人。

あまりにも広く、そしてお高そうな調度品に囲まれた部屋。それが今の扱いを物語っているような気がした。

何かあれば、扉の前に待機している騎士さんを介して伝えれば良い。

そして、『元いた世界に還る』ときも連絡を残してほしいとのこと。

まあそりゃそうだよね。急にログアウトされちゃったら、こっちの人にとっては消えたも同然なんだから。

さて、と。これからどうなっちゃうのか。

なにか出来るわけでもないので、おとなしく待っていることにする。

「ん～～～。なんというか、展開がめまぐるしい」

『せやな』

『どさくさで新街到達するやついるってマジ？』

『まだ最初の街以外ひとつも発見されてないのにｗｗ』

「あ、そうだっけ？　北とか西とかにはみつかってないの？」

『そもそもNは2で止まってるし、EとWだって3までしか誰もボスにたどり着いてない』

『あ、でもドレンがW4到達してたよ』

『マジ？』

『さっきだけど。初見でボス倒してた』

『ほえ～～』

『ちゃんと戦ってた？』

『凄女サマとは違うのでｗ』

『草』

「ねえ？　私もちゃんと戦ってるんですけど⁇」

『ソウダネ』

『ソウダネ』

『セヤネ』

「よしみんな表でようか」

『ひぃ』

『神の裁きだーー』

『殴らなければいいだけなんですけどね』

『攻撃されないと攻撃できない女』

『やられたらやり返す』

『等倍だけどなwww』

「等倍じゃないしー。1.1倍返しですしー」

大差ねえよ！　ってツッコミが見えたけど知らない。

でも実際、攻撃されないとアンデット以外どうにもならないのは今後の課題かな。

相手が遅ければポーションを使って戦えることもあるって知れた点では、あの巨骨との戦いは非常に有意義だった。

そんなこんなでコメントと戯れながら過ごしていると、不意に扉がノックされる。

「グレゴールです。宜しいでしょうか」

「どうぞ」

「失礼致します」

視線を向けると、ゆっくりと扉が開かれる。

一礼して入ってきたグレゴールさんは、室内仕様か兜を外していて。

肩のラインで切り揃えられた銀色の髪があらわになっていた。

白めの肌の中で、碧色をした瞳が強く印象を残す。

この瞬間、私は自分の盛大な勘違いを悟った。

「……グレゴール？」

「はい」

落ち着け。何事も無かったかのように話を進めるんだ。

「あ、えっと。綺麗な髪ですね」

「……ありがとうございます。ユキ様こそ、美しい金色のお御髪《みぐし》であられる」

「あーいやえっと、これ作り物だからなんとも……」

「つくりもの？」

「ああ、いえ！　なんでも無いんです！　座ってください」

慌てて、対面の席を勧める。

彼女は訝しげにしながらも従ってくれた。

後から入ってきた騎士の方が、すっと紅茶を淹れて、差し出してくれる。

ありがとうございますと礼を言えば、静かに頭を下げて退出していった。

なんというか、神殿の騎士様ってそんなことまで出来るものなんだろうか。

目の前のグレゴールさんもまさにそうなんだけど、所作が一々洗練されている。

少しの静寂を経て、彼女が口を開いた。

「改めて。本日は突然のことで、申し訳ありません。長年使われていなかった神の試練が起動したとの報を受け、未だ浮足立っておりまして」

「いえ、それは構わないんですけど……長年使われていなかった？」

「はい。正確には、試練に挑む資格を持つものが現れなかったと言うべきでしょうか」

ほほう。資格。

そういえば、ボス戦が始まる前になんか色々とインフォが来ていた気がする。

「まだクラスが見習い段階であること。浄化の術に精通すること。そして、神の怒りを買っていないこと」

「神の怒り」

「ええ。平たい話が、罪を犯していないことですね。神の前ではあらゆる行いがさらけ出されると言われております」

なるほど。要するに、いい子にしていれば全く問題は無いってことかな。

でも、それならもうちょっと試練とやらが実行されてもおかしくないと思うんだけど。

「……本来は、浄化を修得し、そしてそれを極めるのが至難の業なのです。清き心の持ち主が【浄化】を修得した時点で神殿に見習い聖女として任命され、そして極めた浄化を用いて神の遣わす試練を乗り越えることで、初めて聖女として世界に認められます」

「試練の内容は、巨大アンデットの討伐ですか?」

「ええ。確かに、試練に挑む資格を手に入れるだけの者なら、たまに現れます。しかし、聖女見習い一人で強大な存在の浄化を成し遂げなければならないため、死亡率が非常に高い。そのため、いつしか挑むものさえいなくなってしまった……という現状になります」

あーそっか。私達プレイヤーは死に戻りってやつがあるけど、現地の人にはそれがない。ただでさえ限られているところに、難易度も相まってなおさら誰も挑まなくなっちゃったってわけね。

「なるほど……。だから様子を見に来られたと」

グレゴールさんが頷く。

「この国に聖女が誕生するなど、もう長く無かったこと。そして、一度生まれた以上、次の聖女が誕生するのは早くとも十数年は先になります」

「え? 私の後に続く人とかは」

「ありません。そもそも、神の試練自体が一人の人間に対したった一度のチャンスしか与えられないものであると同時に、そうやすやすと課されるものでもありません。記録によると、一度突破された試練は以後十年二十年は起動しないとか」

「……な、なるほど」

あくまで言葉を全て信じるなら、という但し書きは付くけれど。

勢いで挑んでしまったクエスト、あれは唯一無二のチャンスだったってことなのか。

しかも、完全先着。まあ、冷静に考えたら聖女なんて御大層な職業が量産されちゃまずいもんね。

そういえば、世界にほかの聖女がいないみたいなアナウンスもされていた気がする。

……それって、ゲーム的には大丈夫なんだろうか？

「……ほかにも、似たようなというか、特別なものは有るんですか？」

そう聞いてみると、彼女は考え込むような仕草をする。

「そう、ですね。古来より文献に登場する存在としては、ユキ様の【聖女】の他に【勇者】【剣聖】【賢者】【守護騎士】【弓神】あたりでしょうか。後は噂に過ぎませんが……【魔王】【魔神】もクラスで存在するとか」

ほえー。結構有るんだなぁ。

これ、さらっと言ってるけど、実はとんでもなく大事な情報なんじゃないだろうか。

【聖女】が唯一無二っていうのもそうだけど、ほかにこれだけの特殊な職業があるなんて話、誰も聞いたことがない気がする。

「えっと。その【聖女】になってしまった私ですけども、何か求められるようなことはあるのでしょうか？」

これは、必ず聞いておかなければならない部分だろう。

都合もあるから常にというわけにはいかないけれど。重い役割を選択してしまったからには、ある程度はやらないと。

クラスチェンジのときにも、忠告は来ていたもんね。

「いえ。聖女であらせられるとはいえ、ユキ様はこれからが真骨頂。寧ろ、自由に行動して経験を積んでいただきたく。本来なら私共が護衛に付くところなのですが、ユキ様は異邦の方ということですので」

「良いんですか？」

「はい。ただ、なにか有事のときにはお力添えを頂けると助かります」

「旗頭、ですね」

私の言葉に、グレゴールさんはニコリと微笑んだ。

ふふ。そのくらいはわかる。圧倒的なまでのレベル差。いくら聖女といえど、神輿以外の何物にもならない。

でも、できれば戦力として協力したいところだけど。

そこは私のこれからの努力次第かな。

「最後に、お渡ししておくものがあります」

音もなく彼女の隣に控えていた騎士の人が、何かをグレゴールさんに手渡す。

こちらに向き直った彼女から、すっと差し出された。

「これは？」

「神殿の関係者であることを示すものです。身分の保証はあって困るものではないかと」

目の前に置かれていたそれを、手に取る。

金色のプレート。中心部に描かれている印章は、あの盾に刻まれていたものと同じだろう。

……なんか、凄い魔力を感じる気がするんだけど。

「……これ、貰っていいものなんですか？」

「問題ありません」

「……ありがとうございます」

私がしっかりと収納したのを確認して、グレゴールさんが立ち上がった。

「用件としましては以上となります。お時間ありがとうございました。何かありましたら、私か騎士の者になんなりとお申し付けください」

一歩引いて、すっと頭を下げる。

惚れ惚れするような綺麗な一礼を残して、彼女は立ち去っていった。

「……なんか、完璧な人って感じがする」

『わかる』

『デキる女性』

『スーパーウーマン』

『誰かと違って落ち着いてるね』

「うーん誰かって誰かなぁちょっとわからないなぁ」

『w』

『◡鏡』

『ͺ鏡』

『そういうとこやぞ』

「ぐぬぬ……。さ、さて。一旦外出て、ログアウトしようか」

『逃げた』

『すーぐ逸らすんだから』

『露骨がすぎるw』

『メンタルよわよわじゃん』

『逆に強いだろこれは』

「もうお昼なの！　ご飯落ちなの！」

『はいはい』

『はいかわいい』

『午後はやるん？』

「え？　あーどうしよう。夜は予定有るんだよね。お昼ちょっとくらいならできるかな。……うん。少しやろうと思う」

『おー』

『待ってる』

『やったぜ』

『たのしみ』

「それじゃあ、一旦終わるね。また十三時頃から再開する。皆、朝からありがとう。またね！」

お疲れ様、という旨のコメントが流れるのを眺めながら、カメラに向かって手を振る。

少しだけ待って、配信を終了。私はそのままログアウトした。

◇◇◇◇◇◇◇◇

「はいはーいこんにちは。ユキですよーっと」

午前の部を終えてログアウトした私は、手早く昼食を済ませ。

家事など含む一時間の休息を挟み、またログイン。配信を開始した。

ふよふよと飛び始めるカメラに手を振りながら、冒頭の挨拶。

みんながこぞって打ってくれたコメントを眺めると、恵まれているなぁって実感する。

「みんなありがとう。こんにちは〜。今日は東か西の方に行ってみようと思うんだけどどうかな？」

『ええやん』

『おー』

『いいね』

『ポーションは？』

「……あ」

『草』

『忘れてたな』

『ポンコツ炸裂』

『このドポンコツ』

「わ、忘れてたわけじゃないよ！　探索の前に補充するつもりではあったもん」

『絶対ウソだｗ』

『嘘が下手すぎるｗ』

『カメラを見ろｗｗ』

『露骨に目をそらすじゃん』

うぐぐ。相も変わらず皆が厳しい。

いやまぁ、たしかに忘れていたから何も言い返せないんだけどさ！

「あ、でも、補充するなら一回最初の街……アジーンだっけ。そこに戻りたい気もするよ」

『なして？』

『ああ』

『その辺じゃ駄目なん？』

『あのおばちゃんか』

「そうそう。せっかく良さげな出会いがあったから、どうせならそこで調達したいなーって」

南通りの、何気なく入った店で出会ったおばあちゃん。

なんとなくだけど、毎回あそこでポーション類は調達したいという気持ちがある。

実際、性能も段違いだしね！

「そうと決まれば、さっそく街までマラソンかなー」

そういえば、貰った身分証、もらった時から確認してなかったね。

アイテムとしての説明も見ておこうか。

「えーと。身分しょ……あれ？」

『ん』

『お？』

『どした？』

「いや、いつの間にかインフォ来てたみたいで」

履歴をみてみると、今日のお昼前といったところ。

ああ、この街についたタイミングかな？

「えっと、色々と気を取られて気付いていなかったんだけど、この街に来るとなんかチュートリアルが有るらしい」

『ほう？』

『ほほう』

『ほーー』

「なんかナビゲーションがあるみたいだから、ちょっとそれに従ってみるね」

んーと。中央広場に行けって書いてある。

今いるところが北通りだから……もう暫く、街の中心の方に向かっていけば良いのかな。

少し歩くと、かなり遠くのところに巨大な建造物が見えてきた。

昔ながらのRPG作品やアニメでもみられるような、西洋風のお城。

街に入ってすぐの時も見えていた、アレだね。

聖都って言ってたっけ。じゃあ、あそこに国のトップがいるんだろうか。

ちょっと気になる気もするけど、とりあえず保留。

目的の中央広場とやらについたわけだけど……ふむ。噴水にいけと。


街中央の大きな広場。そこの中心には噴水が建っていた。

奇しくも、最初の街アジーンと同じような立地。

噴水に近づいてみると、ポーン、とインフォが鳴り響く。

【聖都ドゥーバの噴水に到達しました】

【ワープ地点『聖都ドゥーバ』が開放されました】

【『エリア転移』が開放されました】

……エリア転移？

ウィンドウを開いてみると、ログアウトの一つ上に【エリア転移】という項目が出来上がっていた。

説明を見る感じだと、転移可能地点にいるとき限定で使えるコマンドみたい。

「えーーと……みんな、わたしにちゅうもーーく」

『お？』

『どした』

『??』

ちょっとした、いたずら心。

ポチポチとウィンドウを操作する。えーと。転移先……【始まりの街アジーン】っと。

ブゥウンという音とともに、視界がぶれる。

気づけば、目の前にある噴水はもう何度も見たものに変わっていた。

『は？』

『え？』

『アジーンじゃん』

『え』

『見慣れた飾りがあるね』

『ほんとだ』

「えっと、なんかね。始まりの街と、さっきの街の噴水とでワープできるようになったみたい」

『はえー』

『くっそ便利じゃん』

『相変わらずぽんぽんと革命的な情報をw』

『まあマップ間だいぶ広いもんね』

『助かるなぁ』

「マラソンしないといけないかなーって思ってたからすごく助かる」

『せやねｗ』

『おばあちゃん通いが楽になるｗ』

『移動楽になるのは助かる』

『なお街につくまでが遠い模様』

『それな（〔』

「あはは。まあＳ２とＳ３のエリアボスさえ倒せば……あれ？　私のＳ３のエリアボスの扱いってどうなってるの？」

Ｓ３のエリアボスに挑もうとした瞬間の、特殊クエストの発生。

流されるままに受領して、聖女になって、Ｓ４にいって……うん。エリアボス倒していない気がする。

ボス倒すまでは先にいけないシステムになっていたはずだけど、どういうことなんだろう。

ポーション屋さんまでの道すがら、視聴者さんたちとちょっと考察した結論。

それは、『結局よくわからないけど、なにか問題有ればアナウンスあるだろう』というものだった。

今のところはとくに大事には至っていないのだから、まあ良いんじゃないかってね。

運営さんの意図は私達にはわからないわけだし。

さて。そんなこんなで着いたわけです。

「ごめんくださ〜い」

元気よくお店に乗り込む。

店員はもちろん、前回と同じおばあちゃん。

……の、はずなんだけど。

「いらっしゃい、お嬢さん。また来てくれたんだね」

「はい！　前回はとても良いものをありがとうございます」

貫禄ある人だなとは思った記憶があるけど。ここまで圧というか、オーラを感じる方だったたっけ？

人の良さそうな笑顔の奥に、なにか強烈なものが視える気がする。

「しっかり全部使ってくれたみたいね。コチラとしても売ったかいがあるってものよ」

「えへへ。大活躍でした！　あれがなければ勝てない戦いもありました」

クールタイム四十五秒の、30％回復。

どちらが少し足りなくとも、ジャイアントスケルトンは倒せなかっただろう。

「そうかいそうかい。どうやら、早くも死線を越えて一皮剥けたみたいじゃないか」

ふっと目を細めたおばあちゃんから、そんな言葉が飛んでくる。

え。そんなのわかるもの!?

「あたしくらい無駄に長く生きていると、わかるものなんだよ。色々とね」

しみじみとした口調で語るおばあちゃん。

台詞とは裏腹に、ただご高齢というだけにはとても思えない何かがそこにはあった。

「お嬢さんを観ていると、若い頃を思い出すよ」

「若い頃、ですか」

「ああ。あたしにもあったのさ。お嬢さんみたいに、キラキラした目をしてね。口うるさく感じるかもしれないけれど、今の気持ちは絶対に忘れないでおくれよ」

「……はい！」

キラキラした目、かぁ。くすぐったいものがあるね。

大丈夫だよ。わたし、今がとっても楽しいから。

「歳をとると、すぐに余計な話をしてしまうからいけないねぇ。ポーションだろう？　ちょいと待ちな」

柔らかな微笑みを浮かべたお婆ちゃん。思い出したかのように、戸棚に向かう。

そして、カウンターの上に二つの薬を置いた。

一つは、前と同じ初級ポーション。

もう一つは、これまた凄い。

名前：中級ＨＰポーション

品質：A
説明：超高品質の中級HPポーション。HPを50%回復する。クールタイムは六十秒。
製造：ミランダ

「今のお嬢さんなら、これも良いんじゃないかと思ってね」

「ご、ごじゅっぱーせんと」

効果がすごい。一回で半分も回復できちゃうなんて。

今の私なら、二千以上も回復するよ！

「十本ずつ出せるけど、どうだい？」

「お金が足りるだけ買いたいです。ただ、あんまり持ち合わせがなくて……」

「素材の引き取りもやってあげるよ。スライムの素材とか、いい薬の素材になるからね」

「あ、スライムなら丁度たくさんありますよ！」

エリアボスであるキングスライム。そいつの高速周回もした。スライムの素材は潤沢にある。

そこからは、ちょっとした商談。と言っても、どっちかというと色々と便宜を図ってもらったって感じかな。

十本ずつのポーションと、あとオマケに解毒薬を五つ。計二十五本の薬を購入……しようとしたんだけど。

「……あ」

「どうかしたかい？」

「えっとその……ポーション、十五本までしか持てないみたいで」

「おやおや。お嬢さん、薬以外の解毒手段に心当たりは？」

「……ない、です」

「ふむ。ならば、中級十本、初級二本。そして保険として、解毒薬を三本もっていきな」

たしかに、多少枠を削ろうとも解毒薬は欲しいかも。万が一毒でスリップダメージ受けたら、大変なことになっちゃうもんね。

……うう。それにしても、筋力値0がこんなところで足を引っ張るなんて。恥ずかしいなぁ。

こちらからは、キングスライムの素材を全部提供。商談が成立した。

「ポーションを全部使い切ったら、またおいで。また一皮剥けた姿をみせにきておくれ」

「はい！　がんばります！」

ありがとうございました。とお礼を言って、お店を出る。

いい買い物をさせてもらっちゃった。期待してくれているみたいだし、頑張っていかないと。

ポーション十二本使い終えたら、またおいでってことだったよね。

そのときには、また一回り二回りも大きくなった姿を見せるぞー！

◇◇◇◇◇◇◇◇

「さてさて。もうそんなに時間無いけど、ちょっとでもレベリングして行こうかなって思うよ」

『おお』

『ドゥーバ戻る？』

『まだお昼じゃない？』

『予定有るんだっけ』

「うん。戻ろう。そうなのよ～。次出来るとしたら、明日のお昼前とかかなぁ」

『あら』

『結構忙しめ？』

『どっちかというと（ゲームに）忙しめｗ』

『それはあるｗ』

「それは言えてるねぇ。ここ数ヶ月のゲーム時間を、この五日程度で上回ってる気がする」

『草』

『それはｗ』

『それは言い過ぎだろｗ』

『大げさかよｗｗ』

「あながちそうでもないんだよね。わたし、もともとそんなにゲームしないし。やるよりカナの観るほうが多いし」

『なるほど？』

『あー』

『そんなこと言ってたね』

『ゲーム初心者は事実だったのか』

『過去ユキの数か月《凄女様の五日間《ワイらの三日間』

『ｗｗｗ』

『悲しくなる現実やめろｗ』

『ゲームは初心者（一応事実）』

『最前線を走る初心者とは??』

「ビギナーズラックってやつだよきっと。まあそれに、なんだかんだカナをずっと観てきたから」

『うーん自然に出るこの台詞』

『てえてえ』

『聖女はもはやビギナーと認めてはいけない』

『運営さんユキちゃんなんとかして』

『今日また暴れると予言』

『→今朝もうかなり暴れたでしょいい加減にして』

『→常に暴れてるから間違ってはない』

「ねえ私がまるで怪獣みたいな扱い、不本意なんですけど?」

『運営からしたら似たようなもんだろ（』

『想定ぶっ壊してそうだもんなｗ』
『斜め上どころか切り立った崖の上を逆立ちしながら突っ走る女』
『だがそれがいい』
「逆立ちはできないよ？　三点倒立ならなんとか」
『いやｗ』
『そうじゃねぇｗ』
『話がドンドンずれていく』
『わざと逸らしてるまである』
「ちなみにカナはバク宙二回転できます。助走とか一切なしで」
『ふぁ⁉』
『は？？？』
『人間じゃねぇｗｗｗ』
『そういえば運動能力人外だった』
『意味がわからん』
「力は人より有るって程度なんだけどね。運動能力が昔から頭抜けていて……」
のんびりと雑談をしているうちに、聖都ドゥーバの東門までたどり着いた。
門のところにいる騎士さんに冒険者証を見せて、外へ。
エリアとしては、まだまだＳ４のままみたい。

でてくる敵も同じゴブリン……いや、レベルはちょっと高いかな？

けどまぁ、これくらいなら特に脅威でもない。

GAMANを起動し、緑色をしたゴブリン達に好きに殴らせてやる。

そして、適当なタイミングで……どーん。

今日も今日とて絵面を視聴者の方々に笑われるけども、仕方ないんだよね！

「あーーMPがほしい!!」

『どうした』

『急w』

『HPしか見えないんでしょ』

「そうだけどさーーやっぱり殴られないと殴れないってちょっと面倒というかなんというか。聖魔法つかいたーーい」

『草』

『自分の選択なんだよなぁ』

『まあ、これだけ堂々と突っ走ってるのに真似する人が殆ど居ない要因でも有るからなw』

『雑魚処理効率悪すぎる』

『結局、リスク押してでも極振りするならわかりやすい火力特化が多いね』

『まあその火力も、死ぬほど難しいんですけど』

「おー？　私の真似ならいくらでもしてくれていいんだぞー。私の場合、ゲームはなんでもカナの真似から入ってるしね」
『なんでもカナなのか』
『ユキの一部、カナから出来てそう』
『草』
『後追い公認でましたわ』
『なお聖女のせいで真似できなくなった模様』
『www』
『限定職業っぽいんだよなぁ』
「あー……ま、まぁ、一人一人、自分にあう遊び方をするのが一番なんだよ」
『あーあー』
『いや草』
『手のひらくるっくるですわ』
『そもそもMPあったってINT0でしょ』
『火力でないんだよなぁ』
『楽しそうなのは認めるけど、真似したいかって言われるとね……』
『ロマンだけはある』
「ん~~。いっそHP犠牲にして能動的に攻撃できるスキル生えませんか」
『それなら使えるw』

『攻撃をこっちのタイミングで打てるのいいね』

『効率の悪さ一気に改善される』

『なおHPを無限に消費するのは変わらない模様』

『それこそ無限にあるからいいんだよ』

『実際このゲームならありそうだよな』

『サクリファイス的な概念ありそう』

サクリファイス、ねぇ。

【祈り】みたいにMPの代わりにHP消費する支援？　も存在するわけだし、攻撃もできて良いと思うんだ。

こうやって一々攻撃を受けてから敵を薙ぎ払うのも楽しいっちゃ楽しいけど……。

――ポーン。

お？

丁度、目の前のゴブリンたちを屠ったタイミングで、インフォが鳴った。

「インフォが鳴ったよ！　みんな！」

『お？』

『タイミング』

『これは⁇』

『まさか⁇』

内容を確認。通知は、新技能修得のいつものアレだった。

「技能修得だって！　これは来ましたわ!!」

『嘘やんｗ』

『神タイミング』

『神か??』

「えーっと。せいまほう……共有するね」

技能：聖魔砲
効果：自身のＭＰを毎秒最大値の１％消費して充填、任意のタイミングで発動。攻撃力は消費したＭＰと同値。聖属性。相手の防御値は、物理と魔法の弱い方で判定される。（チャージ中は移動不可）

聖なる乙女にも棘はあるもの。

「これじゃ意味ないんじゃーーーー!!!!」

『魔法重複かとおもったら、そっちかｗｗ』

『砲撃の砲ｗｗｗ』

『これはｗｗ』
『神ｗ』
『運営は神だったｗｗｗｗｗ』
『どんまいｗｗｗｗ』
違う。そうじゃない。そうじゃないんだよ！
ＭＰ消費技能がどれだけ増えても私には意味ないの。わかって!?
しかもさ。砲撃ってことは、なにか砲弾かレーザーか飛ばすってことでしょ。
このゲームの運営さんは、聖女にいったい何を求めているんだろう。
「……ゴブリン乱獲ね。決まり」
『草』
『やつあたりなんだよなぁ』
『ユキちゃんおこおこ』
『【悲報】ゴブリン全滅する』
『これは凄女』
『間違いねえｗｗ』
「うるさいなんとでも言えー!!　期待させた運営が悪い！」
『責任転嫁がすぎるｗ』
『これは酷い』

もうこれはログアウトギリギリまでのゴブリン乱獲で決まりだ。

ついでに、いけるところまで行ってみよう。

そういえば。敵が弱めとはいえ、聖女になってからまだ一回もレベルが上がっていない。

もうそろそろでもいいと思うんだけど……どうかな？


ポーンとインフォがなったのは、それから少し経ったときだった。

ゴブリンの乱獲も順調にすすみ、レベル9のゴブリンやその上位存在と思しきゴブリンファイター も散見されるようになってきている、そんなとき。

【只今の戦闘経験によりレベルが21に上がりました】

【条件を満たしたため、『命すら捧ぐ者』を獲得しました】

「……お？」

『どしたん？』

『なにかあった？』

「……今度こそ、来たかもしれない。共有するよ」

称号：命すら捧ぐ者
効果：【聖魔砲】の消費にＨＰを代用することで威力を更に上乗せできるようになる。

説明：かの者は聖女でありながらも自らが傷つくのを厭わず、最前線に立ち迫る敵を屠り続けた。敵を減らすことこそが、味方の助けになると信じて。

『おおお』
『ウッソだろｗｗ』
『やばｗ』
『キターー！』
『誤解しかないフレーバーテキストで草』
『盛大な皮肉だろもはや』
うふふふ。私は信じていたよ運営様！
これで、こちらからも積極的に仕掛けられるようになるね。
そうと決まれば……！
「さあ、ゴブリン殲滅祭だーー！」
『おいｗ』
『しってた』
『結局犠牲になるゴブリン』
『知らなかったのか？　凄女からは逃げられない』

『どうやっても被害を受ける模様』
『こんな聖女は嫌だ↓バーサーカー』
『これは凄女』
ふふふふなんとでも言うが良いさ。
今の私は気分が良い。
「こらそこ！　凄女ってコメント、ちゃんと見えてるんだからな！」
……凄女コメントにだけは、苦言を呈しておこうか。
まったくもう。相変わらず失礼なんだから。
けどまあやっぱり、今日ばかりはちょっとくらい許してあげてもいいかもしれない。
「♪〜〜」
『ひぃｗ』
『やばいｗ』
『鼻歌歌いながらビーム撒き散らすなｗ』
『道行くゴブリンが抹消されてるの面白すぎるんだが』
『もはや移動砲台』
『固定砲台だったユキちゃんはどこに』
『今や回転砲塔の移動砲台なんだよな』
「あ、見ない顔だねこんにちは。ふーんゴブリンメイジ？　そんなのもいるんだ」

『話しかけながらビーム撃つなｗｗ』
『情報すら見られない新モンスター』
『敵が哀れになってきた』
『戦車かな⁉⁉』
「……あ、体力減ってきてる。ポーション……っと」
【悲報】地獄［終わらない］』
『燃料追加ｗｗ』
『誰かこの子を止めてぇ』
『結構奥きてるけど大丈夫かｗ』
「だいじょーぶだいじょーぶ。時間やばくなったら死に戻ればいいさ」
『ええ……』
『発想が末期すぎる』
『デスワープ前提』
『ＲＴＡ走者かな？？？』

◇◇◇◇◇◇◇◇

さあ、どんどん行くぞ！

さてさて。結構良い時間になってきた。

ノーマルなゴブリンに始まり、ゴブリンファイター、ゴブリンメイジ。ゴブリンアーチャーなど、バラエティー溢れるゴブリンたち。

都合の良いことに完全にバラバラに動いているというわけではなく、数体単位で纏まってくれていた。

そのため一回の放射で纏めて群れごと焼き払うことが出来、非常に効率が良い。

ああ。聖魔砲のエフェクトについてだけども、正直なところGAMANのド派手なものに慣れていたから大して特筆すべきところもない。

いや、充分派手だし、これも威力によって見た目かわるっぽいから現状にインパクトが薄いのは当然なんだけどね。

500程度のチャージで、猪二匹くらい軽く呑み込める程度の光線を放てる感じ。

ほんの十数秒チャージするだけでこの威力、本当に便利！

……ん？　そう考えると威力も範囲も充分以上か。

「……それにしても、いなくなっちゃったなぁ」

『狩りすぎなんだよｗ』

『百体は殺ったんじゃない？』

『バーサーカーすぎる』

『聖女（バーサーカー）とは』

「今日ばっかりは否定出来ない……あ、百体はいったよ。称号入ってた」

その名も、ゴブリンキラー。ゴブリン種に与えるダメージがふえる。

アンデットキラーと同じ類のものだね。

『百w』

『ほんの一時間程度なのにw』

『ゴブリン達から指名手配されてそう』

『周囲にいないの、警戒されたのでは？』

「えー。そこまで高度になるもの？　いや、私ゲームのことはあんまり詳しくないからわかんないけど」

『AI高度だからね』

『普通にありそう』

『あのキャッチコピーだしなおさら』

『もう一つの世界　ね』

「んー。そう言われてみれば。それじゃあ、もうちょっとだけ先進んでみたら引き返すことも視野に入れるかぁ」

『普通に帰る選択肢が生えてきた』

『バーサーカーモード終了？』

『→聖女にそんなモードあっていいのかｗ』

『→凄女サマだから』

『→あっ（察し）』

『→察した』

「新スキルもたくさん使って満足したしねぇ。凄女呼びを早くも気にしなくなってきている私が居て辛いよ」

『草なんだが』

『自業自得ｗ』

『楽しそうだったｗ』

『それはわかる』

『雰囲気良いよね』

「楽しかったよー。なんと言っても初の能動的な攻撃スキルだったし！　アンデット限定なら［浄化］があったけど、ほんとそれしかなかったもん」

『毎回殴られに行ってたもんね』

『もう斬られる必要ないのか』

『ワイは好きだったけどなぁ』

『わかる』

『→わかるｗｗ』

『ドM返上？』

『ずっと思ってたんだけど、〝アンデッド〟だよ』

「ドM返上はどうだろう……何だかんだでGAMANも多用するとおも……って、そもそもドMじゃないし！　アンデッド……？　あーー!!　そっか！　『t』じゃなくて『d』だもんね。これは恥ずかしい……」

『ドM否定は無理がある』

『凄女以上に計画的だったのでは??』

『HPで受ける前提ビルドだもんなぁw』

『指摘ニキちっすちっす』

『どっちでもいいんじゃない？　発音なんて』

『ユキちゃん英語よわよわ？　意外』

「あの私が潜在的なマゾっ子みたいな扱いやめてもらえません？　ノーマルだ。わたしは!!　いやーなんというか。言い訳なんだけど、初見の見間違えとか覚え間違いってさ。指摘されるまでずっと違和感すら覚えないってことない……？　漢字の読みとか特に」

『潜在じゃないw』

『顕在してるんだよなぁ』

『草』

『あーわかる』

『一旦勘違いすると一生続くやつ』

『似たやつだと、野球の死球とか』

『デッ「ド」ボールねｗ』

『トって言っちゃうやつ』

「野球かー。昔、お父さんやお兄ちゃんとよく観てたから何となくわかるかも」

『お？』

『いいね』

『最近は？』

『何処推し？』

『落ち着けｗ』

『野球民、落ち着いて』

「ユキにお兄ちゃんって呼ばれたい」

『俺がお兄ちゃんだ』

『俺だ』

『→お前らはもっと落ち着け』

「どこ推しかはナイショだよー。収拾つかなくなりそうだし。あとそこの自称お兄様たちは帰って。ヘンタイ」

『たしかにｗ』

『仁義なき争いが……』

『ぐはっ』

『ありがとうございます』

『ありがとうございます』

『ありがとうございます』

『ゾクッとした』

「ひっ。こ、怖いんですけど」

こ、これがあれですか。我々の業界では……ってやつ。

『こーいうのは何言っても喜ぶから、程々にスルーするのが一番』とは、カナのセリフだったかな。

「いやーもう。沢山寄ってくるゴブリンたちと言い、モテモテで困っちゃうね」

『草』

『自称お兄さん、ゴブリンと同じに扱われるの巻』

『(´;ω;`)』

『……いや、アリでは』

『末期で草』

『そもそもゴブリンって寄ってきていた訳じゃない気がするんだが』

『近寄って行ったのユキなんだよなぁ』

『凄女様こわい』

「こわくないよー。ほら、武器すら持っていない聖女だよ？」

カメラに向かって両手を広げる。

そう、なんと言っても私は丸腰なのだ。

武器も盾も持たない、鎧も着ていない一般少女。それこそが、わたし。

『いや、無理があるｗ』

『なお体力無限にある模様』

『頑張って削っても天罰が来る模様』

『なんなら笑みを浮かべながら極太ビーム撃ってくる模様』

『理不尽すぎんか??!?』

『もうユキラスボスで良くない？』

『ずっと仲間だったのに最後の最後で敵に回るやつ』

『ありそうで草ですわ』

「勝手に私の存在を壮大にしないでもらえるかなー？　ラスボス扱いした人はもれなく天罰……ん？」

『ひぃ』

『許して』

『逃げろ！　ラスボスに焼かれるぞ！』

『総員散開ッッ』

『お？』

『どしたん』

「あ、えーと、ほら、あれ見てよ」

前方を指さす。

カメラくんもわかったもので、カメラワークを私の視界に近いものにしてくれた。

指の先には、見たことのない建造物。

少し近づいてみると、それが紛れもなく砦の類であることが分かってきた。

「……え。砦？」

『砦だ』

『砦だね』

『簡易っぽいけど普通に硬いやつやん』

『でもちょっと小さめじゃない？』

『なんか察したんだが』

「うーん。言われてみれば。人が使うには小さいね」

一番わかりやすいのは城門かな。

よく見れば、明らかに人間サイズじゃないことがわかる。

あれ？　よく見たら、砦からちょっと離れたところに小さな石碑があるね。

周囲に広がっている見覚えのあるサークル……これ、安全地帯か。ログアウト出来るやつ。

もう数歩、試しに砦に近寄ってみる。
すると、ガンガンガンと硬いものを打ち鳴らすような音が響き渡って。
城壁の上に、弓を構えたゴブリンたちが一斉に姿を現した。
……なるほど、つまりだ。
最後にもう一暴れしていけってことですね？

【EXクエスト『ゴブリンの前線基地』を開始します】

EXクエスト『ゴブリンの前線基地』
EXクエスト『ゴブリンの動向』より派生
偵察依頼を受け、砦を発見した時点で派生前クエストは達成となり、同時に当クエストが発効される。

◇◇◇◇◇◇◇◇

唐突に始まりました、ゴブリン砦との睨み合い。

今のところ門はガッチリと閉ざされていて、城壁の上からはたくさんのゴブリンが弓を構えてこちらを狙ってきている。

……のだけれど。

「……撃ってこないよ？」

『遠いんじゃない？』

『ありそう』

『威嚇かも』

「あー。なるほど。つまり、これ以上近付いたら撃ってくるってこと」

多分。とコメントを返してくれる視聴者さんたち。

うん。頼もしい。

今のうちに、さっき来ていたインフォメーションを共有しておこうか。

えっと、確か……ＥＸクエストとか言ってたかな？

ＥＸクエスト『ゴブリンの前線基地』
ＥＸクエスト『ゴブリンの動向』より派生

最近、ゴブリンの傾向がおかしい。
そんな噂が飛び交う中、とある部隊が不審な砦を発見した。
人間用としては明らかに小さな砦を前に、発見者の迅速な判断が求められる。

成功条件1↓??:??
成功条件2↓交戦せずに神殿に報告をする
失敗条件↓??:??

※このクエストにはルート分岐があります

「あっはっは！　まーた前提クエストっぽいのすっ飛ばしちゃったぜ！」
『いやw』
『やってるわwww』
『笑い事じゃねぇww』
『EXって』
『分岐あるって教えてくれてるの逆にやばいよな』
『思わせぶりな〝?〟が怖すぎる』

「うーん確かに。これ、このまま帰ったら許される感じ？」

『どうだろう』

『まだ警戒態勢扱いじゃないかな』

『わざわざ表記してるの、露骨に戻れって言ってるようにしか見えん』

『ありそう』

「あるねぇ。じゃあ、いま攻撃が来てないのにもそういう背景あったりして」

『あー』

『プレイヤーの選択待ち？』

『ＲＰＧみたいだなｗ』

『リアルな世界とはいえゲームはゲームってこと？』

「どうだろ。まあその辺りは考えてもわかんないから、とりあえず今どうするかってことなんだけども」

視界を前方へ向ける。

相変わらず、たくさんのゴブリンがこちらに弓を向けていた。

ふーむ。分岐、ねぇ。

んーー……うん。

「いいや。やっちゃえ。【充填《チャージ》】」

『おいｗ』

『思考を放棄するなｗｗ』
『絶対めんどくさくなったゾ』
『何するつもり……？』
案ずるより産むが易しという言葉もある。
虎穴に入らずんば虎子を得ず。思い切って突撃してみよう。
すっかり手に馴染んできた、【聖魔砲】のチャージ。
ただ、これまでは五百を超える充填はしていない。
えへへ。高火力のものとしては初お披露目になるね！
自分のＨＰがみるみる減っていくのを眺めながら、チャージを続ける。
懸念はゴブリンたちだけど……なにやら落ち着きがなくなり始めた？
「ゴブリン、動いてる？」
『ぽいね』
『そわそわしてる感じ』
『ユキがなんかしてるからだろｗ』
『ぶ、部隊長！　あの女光りだしましたぜ！』
『キラキラしてやがる!!』
『だが動かないぜ!?』

『どうしますか親分!!』

『ま、待ってろ聞いてくる！』

『おまえら』

「あはは。みんなノリノリだね」

唐突にゴブリン達のアテレコ？　を始めちゃった視聴者さんたち。

本当にそんな声が聞こえてくるみたいだ。

砦の上は、まだ騒然としている。いや、むしろ酷くなったかな。

一応、混乱から暴発して攻撃でも飛んできたら即座にこっちも撃ち返す心づもりではあるんだけど。


そうこうしているうちに、五十秒が過ぎた。

チャージ威力が二千を超えたあたりで、私の周りを聖なる力が渦巻き始める。

バチバチと、まるで雷のように音を立て始めた。

流石に尋常ならぬと思ったのか、ゴブリンたちからのざわめきが増す。

しばらくすると、遠目に扉の門が開け放たれたのが確認できた。

門の奥にはゴブリンがところ狭しと並んでいる。

みんなしっかりと武装していて、中でも正面のものは鎧兜まで完備。

……えっ。あいつ、わたしより装備良いじゃん。ゴブリンに負けたんだけど。

ちょっと許せない。
「……来たね」
『あれはやばい！』
『なんとかしろ！』
『あの女止めるぞ！』
『オラァ！　準備はいいか？』
『俺に続け！』
『ギギギーー！』

名前：ゴブリンウォーリア
ＬＶ：30
状態：威圧

わぁお強い。けど……きっと大丈夫。
チャージ時間を確認する。85％を超えた。
威力は充分だろう。けど、どうせなら。

長剣を掲げ、ゴブリンウォーリアが突撃を開始した。

後ろに控えるゴブリンたちも、一斉に後に続く。

むせ返るほどの熱気が巻き起こり、こちらに押し寄せ始めた。

「……戦場の空気ってやつ？　へへ。でもね。――一足、遅かったかな」

凄まじいまでの力が、私の周囲で暴れ始める。

チャージ、94％！

……5、4、3、2、1。

ぐんぐんと減り続けていたHPが――止まった。

あは。ぶっつけ本番だったけど、流石に1は残ったね。

これから放つのは、ほぼすべての力を注ぎこんだ全力の一撃。聖魔砲としては、今までと比較にならない威力になることだろう。

高揚に口角が上がるのを感じながら、私は右手を突き出した。

「【発射】……………行っっけぇ!!」

ブゥゥンと、鈍い音が響く。

刹那。全てを呑み込む光の奔流が、解き放たれた。

私に向かってきていたゴブリン達を呑み込んだ光線は、そのまま砦にまで到達する。

ドガーンと凄まじい爆音が鳴り響き、地面が揺れた。

「……うわぁ」

視界が晴れた先には、砦……だったものが建っている。

すっかりと門周辺が抉り取られ、もはや防衛施設としての機能は残っていないだろう。

【ゴブリンの前線基地、損耗度が100%になりました】

「おー……っ」

強い脱力感を覚え、思わずその場に膝をついた。

まあ、当然か。HPを残り1になるまで削って撃ったんだから。


次の瞬間、ぽっかりと開いた壁の奥から、沢山のゴブリンが姿を現す。

ゴブリンウォーリア、ゴブリンメイジ……わあお。ゴブリンウィザードとかいうのまでいるよ。

「生き残り、かぁ。そりゃ残ってるよね」

思わず、苦笑い。

中級ポーションを使って、【GAMAN】。

怒り心頭といった様子のゴブリン達から、一斉に強烈な攻撃が飛んでくる。

為すすべもなく、その同時攻撃をこの身に受けて。

『解放』すら許されず、私は2度目の死に戻りを体験することとなった。

【復活地点、聖都ドゥーバに転送されます】

【EXクエスト『ゴブリンの前線基地』エクストラクリア条件を満たしました】

【只今の戦闘経験により、レベルが25に上がりました】

◇◇◇◇◇◇◇◇

大神殿。グレゴールさんを捜してさまよい歩いた私は、裏手で忙しそうにしている彼女を発見した。

どこか、急いでいるような様子。

引き留めて良いのか少しだけ迷ったけど、私も後が控えているので声をかけることにする。

「グレゴール、さん」

「……ユキ様。私のことはグレゴール、と」

「あ、ごめんなさい。えっと、グレゴール」

「はい。なんでございましょう」

「その、ゴブリンの砦？　のことなんですけど」

その瞬間、空気が変わったのがわかった。

柔和な表情が一変し、締まった戦士の顔になる。

……多分だけど、こっちが素じゃないかな。

「……その話を、どこで？」

「えーと。探検してたら、遭遇」

「……別室でお伺いしても？　そう時間は取らせません」

いま、一瞬『こいつは何言ってるんだ』って顔された気がするよ。

なんとなく察しては居たけど、これは思った以上に大事の予感だね。

◇◇◇◇◇◇◇◇

神殿の、奥の一室。

先日……というか、今朝か。通された部屋とはまた違う、来賓用の部屋。

示されたソファーに座り、グレゴールさんと向き合った。

「申し訳ありませんが、同席させたい者がおります。構わないでしょうか」

「あ、もちろん」

「感謝します。では、もう少しだけお待ちを」

こくりと頷く。

出されたお茶を飲んで待つこと、二、三分。

バタンと扉が開かれ、誰かが入ってきた。

金色の髪を肩まで下ろした、翠眼の女性。尋常ならざる佇まい。なかでも一番の特徴は、その尖った耳だろう。

というかあれだね。私、やばい人としか出会っていないような気がするんだけど。

表示されるレベルは、当然のように１５０。

あはは。私の常識がぶっ壊れていくよ。

……あれ？　そう言えば、あのおばあちゃんだけはレベルすら表示されなかった。

一体何者なんだろう。

「……フィーネ。ノックをしてくださいと何度言えば」

「もー。いつも堅いんだから。お堅いのは名前だけにしない？」

「フィーネッ！」

「あは。冗談……あら、今日は見慣れない子がいるのね？」

フィーネと呼ばれた女性の意識が、こちらに向けられる。

その眼光が一瞬鋭いものに変わり、思わず胸が締め付けられるような思いを覚えた。

「……ユキ、です」

立ち上がる。

正面から堂々と目を見返して、応答。

なんとなく、そうするのが正解なような。ただの、直感。

しばし見つめあっていると、ふっと身体が楽になる。

彼女を見ると、悪戯っぽい笑みを浮かべていた。

「……フィーネ。初対面の相手を試すのは止めなさいと」

「あはは。癖みたいなものだから。ごめんね？　ユキちゃん。私はフィーネ。一応、ここの冒険者ギルド長をしているわ」

首を横に振る。大丈夫。全くもって問題は無い。

正直なところ、レベルを見た時点で覚悟はしているしね。

「それにしても、ユキってことは……貴女が？」

「え、えーっと。多分？」

「ユキ様、自信を持ってください。紛れもなく、貴女様が聖女です」

うえっ。怒られちゃった。

そ、そうは言ってもさ。こんなやばやばそうな人たちに囲まれて、『お前があの……？』みたいな扱いされても萎縮しちゃうって。

逆にここで堂々とできるなんて、よっぽどの大物か、考え無しだよ。

「なるほど。話をしてみたいとは思っていたけれど、想定していたより早かったわね。それで？緊急報告って何かしら。その娘に関わること？」

「ゴブリンの砦が、発見されました。詳しくはまだ聞いていませんが……」

「……なるほど。ユキちゃんが、見つけたのね？」

こくりと頷く。フィーネさんの表情が、一段と硬くなった。

うーん。空気がとても重い。

「砦までが出来ていたとなると、警戒レベルを上げた方が良さそうです」

「そうね。砦が完成してからの奴らの動きは早いわ」

不意に、グレゴールさんの視線がこちらに向いた。

反射的に、背筋が伸びる。

「正直にお答えください。責めるつもりはありません。砦とは交戦しましたか？」

「え？　あ、えーと……はい」

うげ。眼光が鋭くなった。

「不味いわね。やつらの砦が完成していたとして、一度大きな刺激を受けると一気にそこを拠点にして攻め寄せてくるわよ」

「今すぐ砦に攻撃を仕掛けても……間に合いませんね」

「厳しいでしょうね。いまさら砦を壊したところで、もう既に後ろに伝令が行っているだろうし」

深刻な表情で話しあうお二人。

こ、これはかなりマズったのかもしれない。

……あれ？　でも。

「あ、あの」

「なにかしら」

「どうされました？」

一斉に問い返されて、思わず言葉に詰まった。

「……砦なら、もう使えないと思います」

「「……は？」」

両者の声が、重なる。

風格漂わせる二人が揃って口を開ける姿は、なかなかに印象的だった。

◇◇◇◇◇◇◇◇

「あっはっはっはっ!!」

甲高い笑い声が、部屋中に響き渡る。

目に涙まで浮かべて大笑いしているフィーネさんの姿に、私は思わず面食らった。

「……つまり、ユキ様はお一人で西門の先、魔の領域を探索。ゴブリンの砦を発見し、交戦。そのまま破壊してしまった……ということですか?」

確認をとるグレゴールさんも、はっきりとした呆れ顔。

でも、どことなく楽しそうに見える。

少なくとも、さっきまでのような焦燥感は感じ取れない。

「えっと……すみません」

「いえ、とんでもありません」

「あーーお腹痛い……ユキちゃん、大丈夫。最高よ」

ぐっと親指を立てるのは、フィーネさん。

なんというか、短時間でいろんな表情を見せてくれる方だね。

……最高?

「そもそも私が説明をしなかったのが問題なのですが……。ドゥーバの西門から出てしばらく進んだ先は、魔物……とくにゴブリンどもの勢力が一段と強く、『魔の領域』と呼ばれています」

「普段はそこまで脅威でも無いのだけど、十数年に一回。ゴブリンたちの勢力が一段と強くなることがあるのよ。この街周辺でゴブリンの動きが活発になるのが前兆。そして決まって、街から少し離れたところに奴らの前線砦が建てられるの」

こくこくと頷いて、説明を聞く。

「前線基地の建設が、我々にとっての危険信号。それから暫くすると、そこを基点としてゴブリンの大侵攻が行われます。完成した砦を刺激してしまうと、危機感を覚えた彼らの動きが一気に早まる……と分析されています」

「そんなところにユキちゃんが砦をぶっ壊したなんて言うものだから、つい笑っちゃって。完成された拠点が突然の襲撃により破壊された以上、もうしばらくは私たちに猶予が与えられたことになるわ。本当にありがとう」

「えーと……勢いのまま動いちゃっただけですので、むしろ申し訳ないというかなんというか」

「うふふ。それが異邦人の強みね。今回はそれがプラスに働いた。素直に喜びましょう」

【EXクエスト『ゴブリンの前線基地』を完了しました】

【レベルが26に上がりました】

【エクストラクリアを達成】

【レベルが28に上がりました】

【『ドゥーバの希望』を獲得しました】

【ワールドアナウンス】

【こちらは、ログイン中の全プレイヤーに配信されています】

【ワールドクエスト『ゴブリンの大侵攻』が開始されました】

【詳細は、メール並びに公式サイトをご覧ください】

あー……えっと。


結局そうなるんかーーーーーい!!!!

◇◇◇◇◇◇◇◇

「……アンタのせいで、色々大騒ぎなんですけど?」

ゲーム内で色々とやらかした、その日の夕方。

私は手土産のクッキーをぶら下げて、奏の家にお邪魔していた。

お母さんとお手伝いさんに挨拶をし、親友の部屋へ。

出迎えてくれた彼女の第一声が、これだ。

「あーいやー……えへ」

「えへ。ちゃうわ！　全くもう、何をどうやったらあんなことになるんよ」

「……ノリと、勢い」

「ノリでこんなにガンガン行かれたら、敵わんわほんま」

勢いよくベッドに背中から飛び込んだ奏が、大の字になる。

私も、なんとなくその隣に座った。

「なー深雪」

「ん、なに？」

「サービス開始してから、今まで何日経った？」

「え？　うーん…………今日で、四日目？」

「そう、たったの四日や。未だ殆どのプレイヤーは一体もエリアボスなんか倒してへん。レベルも一桁や」

「そうなんだ？」

「そーいうもんや。まあ、私みたいにゲーム慣れしていて、かつ時間もそこそこ取れた輩はそうでもないけどな」

つまりや、と奏は続ける。

「いきなりアナウンスでワールドクエストがどーこー言われても、別世界の出来事としか思えん人が大半。とーぜん大パニックっちゅーわけ」

「ほえー」

「ま、ユキのリスナー……視聴者の人たちがあちこちに情報飛ばしてくれたから、大体落ち着いたけどな。今は、如何にしてＳ４の街まで辿り着かせるかって話題になっとる。攻略も、より活発化するやろな」

「あー。いつもコメント投げてくれる人たち、そんな事までやってくれてたんだ。わたしも手伝ったほうが良いのかな」

「いや。そういう情報を集めたり発信したりしてる人は、やりたくてやってるだけやから任せといてえぇのよ。変に深雪がなにかするよりも早く情報は上がるし。それになによりその人らにとっても、ユキが気にせずガンガン暴れてくれた方が新鮮な情報がより入ってありがたいってわけ」

「ほー……なるほどねぇ。要するに、私は今まで通りって感じで？」

「結局そーいうことになるね。ま。クエストの本番までまだ大分あるやろ？　どこまで強くなれるかはさておき、行きたいモンはみんなドゥーバにはいけると思うで」

「ああ、そうだね。詳細メールには二週間後って書いてたっけ」

そう。突然のワールドクエスト開始というアナウンスだったけども、しばらくは準備期間みたいな扱いらしい。

あちこちにゴブリンの出没が盛んになって、それを退治した量に合わせて二週間後の大侵攻がちょっと楽になるとかなんとか。

主力はドゥーバに押し寄せてくるけど、アジーンの方にも幾らか攻めてくるから油断なきように
……とメールは締めくくられていた。

「せやろ？　だからまぁ、なんとかなると思う。ま、最悪二人で全部片付けちゃえばＯＫよ」

「あはは。いいね。それくらいの気持ちで頑張っとこうか。順調に、カナのサポートをできそうな

スキルも増えているよ」

「え？　歩く災害凄女サマにサポートスキルとか、なんの冗談や？」

「あーー!!　カナまでそんな呼ばわりする!!　魔王様のくせに！」

「はー。言ってはいけないことを言ったねぇ。この口か？」

不意に起き上がり、飛びかかって来た奏に、勢いよく押し倒される。

のしかかった上で両の頬をつまんできた手を、振り払った。

「ちょ、急に乗らないで、重いっ」

「かっちーーん。アンタ今、乙女に言ったら絶対許されないワード第一位を！」

「いや、だって、事実……っ！　や、やめっ、あははは っ」

ツンツンと脇腹をつつかれ、思わず身をよじった。

くっ、奏、ズルすぎる。

運動能力で勝ち目が無いのと、私がくすぐりに弱いのを分かった上で……！

なんとか反撃に手を伸ばそうとするも、そのつど新しい攻撃が加えられ、手を引っ込めてしまう。

結局、晩御飯に呼ばれるまで、奏にはずっと弄ばれ続けることになった。

◇◇◇◇◇◇◇

晩御飯を食べた後は、奏のお母さんも交えた雑談。

こないだの期末は少し成績が良くなって安心したとか、勉強みてくれて感謝しているとか。そんな感じの話と、あとはお母さんのお仕事のこと。

若くしてデザイナーとして起業し、大成功を収めている彼女の話は、色々とためになるし面白い。

最後に、最近、私までもがゲームにハマっちゃっているという話をすると、珍しいこともあるものだと笑われた。

まだ内密ではあるけど、彼女の運営する会社とインクリがコラボする計画が持ち上がっているという話を聞いた時には、奏と揃って目を真ん丸にした。

まぁ、それについてはまた今度触れることにしよう。

お風呂に入った後は、さっきもはしゃいだベッドに二人並んで仰向けに寝転がる。

このベッド、どういう意図か知らないけど無駄に大きい。三人が横になってもまだ余裕あるくらい。

「なーユキ」

「ん、なに？」

「今のレベルは？」

「んーと。クエスト報酬で一気に上がって……28だったかな」

「はー、ぶっ飛んどるなぁ。そろそろ五千超えたところか？」

「あ、どうだろ。実はまだ割り振ってないんだよね。でも、多分超えたと思うよ」

「ほー……。じゃあ」

そろそろか？　と奏がこちらを向いた。

暗がりの中、真っ直ぐな瞳が私に向けられている。

「…………そうだね。明日」

「……そっか」

どちらとも無く目を閉じる。

居心地の良い空間。私はあっという間に眠りに落ちた。

終章　リベンジマッチ

翌朝。朝早くに目を覚ました私たちは、朝食を取る。

これまでなら、そこからも結構ゆっくりするところだったんだけども。

次は、インクリの方で遊ぼうという話になった。

そのため、一旦解散。

奏がドゥーバの方まで移動してくるまでの間、私は何をしておくかというと……。

「さぁ皆。いよいよ、この時がやってきたよ」

アジーンの北門を望んで、視聴者の人たちに呼びかける。

私の周りを飛ぶカメラドローンも、どことなく緊張しているみたい。

『唐突w』

『配信冒頭のセリフなのか（困惑）』

『あれ？　ワイ配信遅刻した？』

『大丈夫。皆ついていけてないから』

『北門………あ』

『あーー』

『ついにやるのか』

「あはは。みんないきなりでごめんね。おはよー」

『おは』

『おはよう』

『ホントだよ』

『遅刻でガチ勢失格かと思った』

『わかる』

「いや。遅刻したからって失格とか、そんなことないからね？　むしろリアル最優先で、暇な時だけ見てくれたら嬉しいよ」

『常に暇です』

『暇です（目逸らし）』

『暇です（仕事中）』

『暇です（予備校）』

『おまえら』

「暇じゃない人多すぎない⁉　本当に大丈夫⁉」

『大丈夫ｗ』

『問題なし』

『バレなければ良い』

『ラジオにしてる』

『作業用ＢＧＭたすかる』

『まあ、そういうもんだよな』

「ええ……良いなら良いんだけど」

本当に大丈夫なんだろうか。

まあ、私に何が出来る訳では無いんだけども。

……結構騒いでいると思うんだけど、ほんとにこれ聞きながら作業とか勉強とかできるものなのだろうか。

「よし。もう察してる人もいたみたいだけれど。……今日は、アイツにリベンジするよ」

みんな覚えているだろうか。このゲームにおける初日。

北門からフィールドに繰り出し、意気揚々と狩りをして。

レベルも上がり、順風満帆かに思われた折の……出来事。

「キングボア。あの時は為すすべもなく敗れたけど、今回は絶対に倒す！」

『おー』

『もう？？？』

『頑張れ』

『期待』

『まじか』

『いよいよか』

『今ってHPどのくらいなん？』

「あ。そういえば、暫くレベルも見せてなかったっけ。こないだのクエスト報酬もあって、一気に強くなっているよ」

ポチポチと操作して、ウィンドウを可視化。

久しぶりに大画面で映してみようか。

名前：ユキ
職業：聖女
レベル：28
HP：5720／5720
MP：0

右手：なし
左手：なし
頭：バンダナ
胴：革のよろい
脚：布のズボン
靴：革のくつ
物理攻撃：0
物理防御：8
魔法攻撃：3
魔法防御：3
VIT：350
STR：0
DEF：0
INT：0
DEX：0
AGI：0
MND：0

所持技能：最大HP上昇　自動HP回復　GAMAN　ジャストカウンター　聖属性の極意　カバーリング　第六感　致命の一撃　不屈　背水　格上殺し　浄化☆　聖女の歩み

称号：創造神の注視　アンデッドキラー　ゴブリンキラー　浄化の担い手　魂の救済者　神の試練を乗り越えし者　命すら捧ぐ者

職業技能【聖女】祈り　唄　聖魔法　聖魔砲

「うーーん。改めて見ると、ごちゃっとしてきた！」

『色々とすごい』

『どんどん尖っていく』

『称号多いね』

『興味が注視になってて草』

『やっぱ要注意人物じゃん』

『HP五千行ったかー』

『それすなわち火力も五千超え』

『ひーーw』

『おい装備欄』

『初期装備』

『最前線関係なく初期装備の人かなり減ってきてるのに……w』

『装備縛りですか？？？』

「そーそー。聖女になったら一レベルごとにポイントたくさん貰えるようになったのもあってね。なんとか五千突破したのですよ。装備は……えーと……うん。縛ってる訳じゃないんだけど」

聖女になってからというもの、一レベルごとに15ポイントも入っている。

単純計算で、成長速度は三倍だ。

装備欄は、あまりにも残念の一言。

ゲームを開始した時から何も替えてないんだ。そりゃそうだよね。

「なんかほら、装備ってよくわかんないっていうか、そもそもどうやって揃えれば良いかわかんないっていうか」

『思い出したかのような初心者設定』

『草』

『忘れた頃にビギナーの振りするのやめてもらっていいですか』

「辛辣だな皆!?　いやだって、服とか鎧とか買うなら、見た目……はまぁなんとなくで良いとして、性能も着心地とかも考えないといけないんでしょ？　めんd……難しそうだなって」

『おいw』

『いま面倒って言ったぞ』

『着心地……いやそりゃ多少は変わるだろうけど！』

『サイズ調整とかは自動なんだよ』

『まぁ、今のプレイスタイルだと単純に防御ステータス上げれば良いかと言われると微妙だしなぁ』

『GAMANあるしね』

『HPが大事』

『むしろHP以外要らないまである』

『HPガッツリ盛れる装備があるのか、試してみたらええんでない？』

「あ、サイズは自動なんだ。うーんHPが盛れるのは欲しいなぁ……。装備探し、意識してみるかー」

『頑張れ』

『生産職探すのも良いかもね』

『こういう時の……？』

「そだね！　カナに相談しよう！」

『笑う』

『安定すぎる』

『聖女の知恵袋、魔王』

『→www』

『そういえば、カナとはまたコラボしないいん？』

「あ、まだ告知してなかったけど、リベンジ達成した後はカナと二人で遊ぶよ。ついさっき、話した時に決めたの」

『お』

『おー！』

「これは期待』

『凄女と魔王のコラボかぁ』

『今度はどのボスが犠牲になるのか』

『草』

「あ、そうそう。昨日カナから聞いたんだけど、視聴者さんたちが色々情報を掲げてくれてるんだって？　ありがと～」

『ええんやで』

『情報源助かってます』

『なお参考にならない情報も多い模様』

「これからも、ゆるゆるやっていくので宜しくね」

『ゆるゆる（天罰）』

『ゆるゆる（最前線）』

『ゆるゆる（殺戮）』

『ゆるゆる（地形破壊）』

「どうやら私のビーム食らいたい人が多いみたいですねぇ」

『ひぃ』

『ひぃ』

『威力五千は洒落にならんからw』

『全員消し飛ばされそうw』

『許して』

「はぁ……全くもう。ほら、N2……ワイルドボアのエリアに着いたよ」

兎が溢れる草原を越えた先は、初日も到達したエリア、Nの2。

あの日と大きく違う点としては、ちらほらとプレイヤーの姿が散見されることだ。

「おお、けっこう他の人がいるよ」

『五日経ったわけだしな』

『全体的にも進んでるよね』

『まあ、やる気勢は南に意識向いている人が多いけど』

『北は一番少ないよね』

適当にその辺りをうろついているワイルドボアにビームを放ちながら、コメントと対話を続ける。

うーん。HPは600から800弱ってところかな？　安全マージンとして800程度の威力にしとけばいいか。

適宜ポーションで回復して……っと。

「北って人気ないんだ？」

『単純に他に比べると強いから』
『機動力と攻撃力に特化した魔物だからね』
『イノシシコワイ』
『そしてキングボアのオマケ付き』
「あー。そっか。フィールドボスの存在が重いのか」
『出現率はそこまで高くないけどね』
『出逢えば引き潰し確定』
『あれはテロ』
『まあそれに挑もうとしている凄女サマがいるんですけどね』
『戦車（猛獣）ＶＳ戦車（少女）』
『頂上決戦で草』
『意味わからないんだよなぁ』
「あはは。制せるように頑張ります」
軽い調子で猪を狩り続けることしばらく。
不意に、周囲の空気が重くなったのを感じた。
これは……来た、ね。
さてさて。キングボアさんよ。覚悟は出来ているかい？
「――っ」

突如として重くなった空気。

背中から感じる、ヒリつくような緊張感。

――間違いない。


ゆっくりと振り返り、前方を見据える。

その先に居たのは、果たして奴だった。


ズシン、ズシンと地を踏み鳴らして、歩み寄ってくる。

象のように大きな身体。顔の高さまで反り返った巨大な牙。

もはや、猪というよりマンモスの類であると言われた方がすっきり納得がいくというものだ。

いつの間にか、空には暗雲が垂れ込めている。

名前：キングボア
LV：30
状態：平常

遂に、この時が来た。

そんな想いを抱きながら、すぐさま充填を開始する。

「Bmooooo！」

「っ」

空気を震わせるほどの叫び声に、思わず脚がすくみそうになった。

強者の余裕だろうか。余裕綽々に近付いてくるキングボア。

まずはその認識を、改めさせてやる必要がありそうだ。

キングボアが、私を踏み潰そうと両足を振り上げる。

その瞬間。下から掬い打つようにして、【聖魔砲】を発射した。

二十数秒のチャージにより十分に威力の高められた光線が、奴の脚に直撃。

大きく弾き飛ばした。

「Bmoooo!!」

「へっ。こっちが先制……ってね！」

二歩、三歩と下がりながら、ポーションを使用する。

全快には辛うじて届かないが、自動回復と合わせればすぐに回復しきるだろう。

与えたダメージは一割といったところか。

消費の割には、ダメージ量が小さいような気が……。

「――ッ！」

膨れ上がった敵意に、条件反射で『ＧＡＭＡＮ』。

その瞬間、勢い良く振り上げられた牙が直撃。私は宙に舞いあげられた。

「Bmoooooo！」

一際大きく叫んだ瞬間。痛烈な衝撃波が発生し、私に襲いかかる。

自由落下を余儀なくされていた私の全身を打ち付けると、その身体を大きく吹き飛ばした。

脳そのものが、揺さぶられるような衝撃。

追い討ちをかけられるわけにはいかない。なんとか身を起こし、『解放』。

威力二千を超える強烈な光の奔流が、キングボアを呑み込んだ。

相手がたたらを踏んでいる間に、なんとかよろめきながらも立ち上がる。

ここもポーション。奴のＨＰは、二割ほど減っていた。

「理解したよ。硬いんだね」

防御貫通で被ダメージがそのまま威力になるＧＡＭＡＮと、チャージ時間が純粋な攻撃力となる聖魔砲。

与ダメージに明暗がはっきりと出ているのは、相手の高い防御性能によるものか。

「……まぁ、でもここは……【充填】」

彼我の距離、そして何よりＧＡＭＡＮのクールタイムの問題もあるので、ここは不利と分かっていても聖魔砲を使わざるをえない。

少しでも威力を高めてから、撃ちたいところだけども。

奴が一歩一歩と地面を踏みしめる度に、大きく視界が揺れる。

油断なくキングボアの挙動を睨み付けていると、不意に、強烈な悪寒に襲われた。

半ば無意識で、反射的に横っ跳び。

その瞬間、先ほどまでいた地面が縦に大きく割れた。

「……あはは。やっばぁ」

その破壊力に、思わず顔が引き攣る。

再びの鳴き声とともに飛んできた衝撃波に、また吹き飛ばされてしまった。

600程度のダメージを負いはしたものの、まだまだ無視できる範疇。

それになにより、距離が開いたのは好機——

「Bmooooo !!」

「ッ!?」

大きな鳴き声とともに、キングボアの圧力が高まっていく。

奴の目の前に、巨大な土の槍が形成された。

向けられる敵意が膨れ上がった瞬間に、身体を横になげうって回避。

しかし、安堵する隙は与えてくれなかった。

着地点を狙うかのように、立て続けに飛んでくる二射目。

「っ……それならッ」

これは、避けられない。

そう判断した私は、即座にチャージ分を解き放った。

半ば賭けではあったものの、長い充填を経た【聖魔砲】は期待通りに土の槍を呑み込み、そのまま真っ直ぐにキングボアに到達。

魔法を放ち脚を止めている奴の鼻っ面に、暴力的なまでの聖なる力の奔流が叩き付けられた。

ずば抜けて硬い装甲をもってしても防ぎきれなかった光線により、キングボアの体力が大きく削られる。

奴のＨＰは、残り35％……推定４０００！


これなら、いける。

そう思った瞬間だった。

「Bummoooo !!」

これまでで一番に強烈な叫び声が放たれる。

次の瞬間、変化が起こった。

逆立ち、風に靡《なび》いていた全身の毛が硬化。また、身体中から紅のオーラが溢れ出す。

刺すような敵意が、私の身を貫いた。

大丈夫。どれだけ強化されようとも、ＨＰが増えない限りは最後のＧＡＭＡＮで倒しきれる。

落ち着くんだ、私。

恐慌状態に陥りそうになるのをなんとか堪え、中級ポーションを使う。

全快には及ばないものの、九割のラインには無事乗せることが出来た。

「大丈夫。行ける……落ち着け……」

小さく深呼吸。

油断なく、キングボアを睨み付ける。

すると、奴は不意に両脚を大きく持ち上げた。

地割れか、はたまた新しい攻撃か。

強く警戒する私を嘲笑うかのように、奴が選択したのはタダの地面への踏み込みだった。

それも、体重の全てを乗せた、全力の。

――ズガァァン！

轟音と共に、凄まじい衝撃が地を走る。

世界そのものが揺れていると錯覚するほどで、私は思わず膝を突きそうになった。

ここに来ての、最大の隙。

もちろん、キングボアはそれを見逃さない。


突撃。

特別な技でもなんでもない、ただの突進。

しかし。シンプルだからこそ、暴力というものは成立する。
二トントラックも顔負けの衝撃に全身を打ち付けられ、私の身体は宙に舞った。
「っ……」
飛びそうになる意識を、歯を食いしばってなんとかつなぎ止める。
耐えはしたようだが、追撃を防ぐ手立てが無い。
為すすべもなく自由落下に入った私が、取れる手段はほぼ無い。
『解放』しても、ギリギリ威力は足りないだろう。
しかし、キングボアは既に落下地点で待ち構えている。
死闘を演じた相手を確実に貫き殺すための牙が、鋭く光った。

勝負は、万に一つ。これしかない。
キングボアが、自慢の牙を振り上げる。
高速で、容赦のない一撃。直撃すれば、まず間違いなく命を刈り取られるであろう。
——だが、直撃しなければ？
私の唯一の狙いは、それだった。
鋭利な牙が私の中心を貫く、その瞬間。
ありったけの力を込めて、身体を捻る。

「ぐうっ……！」


身を切り裂く一撃に、思わず口の端から息が零れる。だけど、軸は外した！

辛うじて芯を外れた牙が私の身体を抉り、ＨＰが急速に減少する。

弾き飛ばされ、激しく地面に打ち付けられた。

二度、三度と転がって、ようやくその動きが収まる。

ＨＰの減少は――――止まった。

「へ、へへっ……」

震える手を地面に突いて、顔を上げる。

今度こそトドメを刺そうと、迫り来る巨体。

私のＨＰは、残り46だった。

「……『解放』」

溢れんばかりの聖なる奔流が天に立ちのぼり、真っ黒な雲を突き破る。

その瞬間。空から降って来た巨大な光の矢が――キングボアの身体を貫いた。

「Bmooou……」

みるみるうちに減っていく、ＨＰバー。

それが0になった瞬間。奴は光に呑まれて消えて行った。

【戦闘に勝利しました】

【只今の戦闘経験によりレベルが30に上がりました】

【只今の戦闘経験により『精神統一』を修得しました】

【只今の戦闘経験により『挑戦者』を獲得しました】

【N2フィールドボスの初撃破報酬によりボーナスポイントが付与されます】

【N2フィールドボスを全ワールドで初めて討伐したことにより報酬が付与されます】

【N2フィールドボスを全ワールドで初めてソロで討伐したことにより報酬が付与されます】


「おわっっ……たぁ」

寝返りを打つようにして、地面にごろんと仰向けになる。

大の字になって、脱力。


『8888』

『おつ』

『凄すぎた』

『GG』

『おつ』

『お見事』

『おめでとう』

「みんなありがと～～。いやー、流石にキツかった」

『当たり前w』

『格上のボスなんだよなぁ』

『ソロってのが異次元すぎる』

『唄は使わなかったね』

「いやー、カナ呼んだら楽ではあったんだろうけどね。どうしてもリベンジしたくて。唄はソロだと使えないねー。現状私の攻撃手段、どっちもチャージが要るけどその間は他の行動が出来ないし……。もっと映える場面がきたら、その時は使ってみたいかも」

『カナユキのボス討伐もみたい』

『次はカナユキですね⁇』

『これからコラボか』

『楽しみすぎる』

『それにしても、チャージ必須スキル２本のみでソロ討伐か』

『そう聞くと尚更やばいな』

『ポーション神がかってた』

『回復量えぐいねぇw』

「あーわかるー。おばあちゃんの力は本当に大きかった。また買う時お礼言わないとね」

さて、いつまでも寝ているわけにもいかない。

よいしょっと起き上がり、中級ポーションを飲んだ。

「帰りながらリザルト確認していこうか」

『おっ』

『ｗｋｔｋ』

『いつも思うんだけど情報ポンポン見せてええん?』

『確かに』

『ユキはそういうスタイルだよ』

「あー。私は手札を伏せておくとか、そんなタイプじゃないんだよねぇ。なんというか、真似するなら真似しろ。対策するなら対策しろ。私はその上を超えてやるぜ!　って感じの」

『えぇｗ』

『カッコイイ』

『無茶苦茶すぎる』

『実際出来てるのが草』

『真似出来ねえよ（』

『真似できない次元に達しているんだよなぁ』

「かの偉人は言いました。『皆が私の打球に対して引っ張り警戒のシフトを組むんだ。だからその上を越えてホームランにしてやったよ』『私を警戒するあまり、試合では四人以上のマークが付くこともある。私はそれを敢えてドリブルで突破するのさ』極端だけど好きな台詞なんだよねー。言ってみたい！」

『突き抜けた一つの力はもはや暴力でしかないことが良くわかる』

『どっちも世界的な選手じゃねえかw』

『結構スポーツのネタ出すよね』

『ワイも娘とスポーツ観戦したい人生だった』

『→涙拭けよ』

「まあ、何だかんだで伝わりやすいかなって。家族の影響もあるけどね。まぁ、そういう訳だから特に気にせずオープンしていくよっと」

わざわざ言いはしないが、私のビルドが特殊だからというのもある。

トランプのように手札を伏せながら戦うのではなく、真正面から全部ライフで受けてライフで殴るだけだからね。

みられたところで結局起こりうるのはパワーとパワーのぶつかり合いってわけ。ほとんど意味が無い。

ポチポチっと操作をして、ウィンドウを可視化。

まずは……ステータスかな。

名前：ユキ
職業：聖女
レベル：30
HP：6793／6793
MP：0

『は⁉』

『やばww』

『七千乗るぞw』

『一気に伸びたね』

「これはちょっと予想外だねぇ。フィールドボス討伐のボーナスポイントがかなり貰えてて、その分も大きいって感じ」

VITの値も400を超えた。順調にライフを伸ばせていると言えるだろう。

次は、技能かな。

技能：精神統一
効果：その場で座禅を組み、精神を整える。ＭＰを10％回復し、かつ次に使う魔法攻撃の威力を50％上昇させる。

「はい、次！」
『いや草』
『強そうやん？』
『あっ』
『一般的には強そう』
『察したｗｗ』

称号：挑戦者
効果：ボス級の相手に挑む際に物理＆魔法攻撃力が３％上昇。
相手が格上の場合、上昇率が５％になる。
説明：かの者は常に挑戦を繰り返す。何度でも、折れることなく。

「ぬわーーー！！！！」

『ｗｗｗ』

『これはｗｗｗｗｗ』

『断末魔ｗ』

『ドンマイ』

『これは哀しい』

どうして、どうして新しく得たものがどっちもハズレなんだ！

いやまあ、普通の人からすればどちらも素直に強い効果なんだと思う。

だが、考えてみてほしい。

『魔法攻撃の威力上昇』も、『物理／魔法攻撃力の上昇』も、今のところ私には恩恵がなさすぎるんだ。

私の攻撃スキルは魔法攻撃の類ではないし、攻撃力に至っては言うまでもないだろう。

「うぐ……どうして、どうして……」

『元気だして』

『ドンマイｗ』

『折角の主砲と副砲なのに強化対象にならない悲しみ』

『真似て極振りしなくて良かったたｗ』

『→草　わかるけどｗ』

『リザルトで空振りが増えるのは辛いよなぁ』

「他人事だと思ってみんな好き放題言っちゃってさぁ！　……ふん、良いもん。実は今回、まだ報酬があるんですよ」

『実際他人事なんだよなぁ』

『空元気感あって笑う』

『かわいい』

『うんうんそうだね』

『早く見せてみ？』

「期待してないな!?　聞いて驚け。装備なんだぞ！　フィールドボスを最初に倒した者として一つ、ソロ討伐報酬として一つ！」

『マ？』

『神じゃん』

『流石フィールドボスってか』

『装備が報酬になるんだね』

『おあつらえ向きじゃん』

『ほんとだ』

『初期装備脱却？』

「まだ性能見てないんだよね。一緒に見た方が盛り上がるかなって」

『おお』

『待ってｗ』

『この流れ、二つに一つすぎる』

『なんか察したんだが』

うぐ、不穏な流れのコメント欄になっている。

だがみんな思い出してほしい。今まで、みんなで何回かリザルトは見た。

その中には、大当たりのときも有ったはずだ！

「え、えーと、一つ目は……ボアのリング？」

アイテム：ボアのリング
分類：アクセサリ
性能：ＳＴＲ＋３％
説明：猪の王を打倒したものの証。装着すると力が漲る。
【ユニークアイテム】【譲渡不可】

赤い宝石があしらわれた、小さな指輪。シンプルなデザインだが、その効果は確かなのだろう。

……普通なら。

『えっっ』

『やばw』

『強すぎる』

『アクセの性能じゃねぇ』

『STR』

『あっっ』

『クソワロタwwww』

『譲渡不可なのが辛すぎるw』

『泣かないで』

「泣いてないからっ!!　ソロ討伐の方が残ってるもん！」

残っているのは、どこか不思議な雰囲気をしたアイテム。赤い火の玉のようにもみえるこれは……。

アイテム：キングボアの魂
分類：アイテム

性能：【王者の咆哮】使用可能
説明：猪の王にたった一人で立ち向かい、撃破してみせた狩人は、その力の一端を受け継いだ。
【ユニークアイテム】【譲渡不可】

「……技能追加？」
『え』
『おーー』
『これは』
『来たか？』
技能追加アイテム。性能……いや、この際性能はどうだって良い。
頼む。一つくらいは、微妙でもいいから意味のあるものであって……!!

技能：王者の咆哮
効果：自身の咆哮に、どちらかの特殊な効果を付与する。
①敵性存在に対し、高確率の威圧、恐慌と超低確率の即死を与える。対象との距離が離れるほど効果は減少し、また対象が自身より低レベルであるほど効果は著しく上昇する。格上には効果が無い。

②不可視の衝撃波を放つ。威力は自身の最大ＨＰの５％。防御貫通効果を持つが、与ダメージ上昇の効果を受けない。
【使用回数５／５】※ＡＭ０時にリセット

――――――――――――

「きったぁぁー‼‼」

まだお昼前の、アジーン北門周辺。
そこでは、両手を突き上げ歓喜の叫びをあげる聖女の姿が観られたという。

よかったやん
さらに強くなるのか(白目)
おめでとうございます!
よかったね!!
Omedetou! Yukichan!
ユキちゃん最強!!
オメデト!!

書き下ろし番外編

紺《こん》野《の》奏《かなで》と、親友

深雪

紺野奏には、野望がある。

唯一無二の親友を、日本中に認知させることだ。

真面目で勉学を得意とし、人当たりが良く周囲からの信望も厚い。運動も人並み以上にはできる。

欠点といえば、無自覚の天然が少々過ぎるといったところか。

それもまぁ、可愛い部分と取れなくはない。

……不定期に盛大にやらかすのを、可愛いと目を瞑るには少々無理があるけども。

◇◇◇◇◇◇◇

「おおきにー。今日もカナチャンネルからやってくで」

日課となった、配信業。

お決まりの挨拶と共に、始めていく。

配信をオンにした時点で、いわゆる『スイッチオン』の状態。

陽気を意識しているのは間違いないのだけれど、何故か配信モードだと関西訛りが強くなる。これも、親友からの指摘で気づいたこと。

「今日もLNTやってくで～」

LNT……legend night。四人一チームで行われる、バトロワ形式のオンラインゲーム。

いわゆるFPSと呼ばれるジャンルのゲームで、全二十チーム八十名が最後の生き残りの座をかけて戦う。

「いつも通り激戦区に降りつつ、適当に雑談していこっかね」

人が沢山降りる地点を狙って降りることで、常に戦闘ができるような状況をつくる。

そうすることで見せ場を演出しやすい上に、退屈させがちな移動時間が減るため視聴者も退屈しづらい。

「武器良し……そこの建物に二人降りたね。倒しに行こか～」

もちろんこれには当人のプレイスキルがかなり求められる訳だが、その点カナは生粋《きっすい》のゲーマー。

それも、一時は競技シーンと呼ばれるプロが集まるような試合にも出ていたレベルだ。

もちろん勝負は時の運でもあるものの、こうした場所に降りても一定以上の活躍は容易に見込むことが出来る。

「よいしょー！　これで一チーム壊滅やな。次行くで」

味方も上手く使い、流れるような動きで敵四人を壊滅させたカナ。

銃声を聞いて寄ってきたもう一部隊を相手しようかというタイミングで、ひとつのコメントが目に入った。


『関係なくてアレやけど。そういえば、もうすぐ発売やね』

「インクリか！　せやね。気付けばもうあと三日や。ほんまに楽しみなんよな～」

もう間もなくリリースとなっている、Infinite Creation。

カナがノリノリで答えたことにより、コメント欄はその話題が占め始めていく。

『カナもやるんでしょ？』

「当然や。解禁初日に予約したで。ゲーム自体も楽しそうやし、配信者としても流れには乗らんとな」

『どんなところが楽しみ？』

「そりゃやっぱり、MMORPGをVRでできることやろ。今までそういうゲームが無かった訳では無いけど、どーもウチは馬が合わんくてやってこなかったからな」

『プレイスタイルの予定は？』

「分かってて聞いとるやろ。そりゃもちろん、火力こそ正義よ！」

変わらずフィールドの中心で銃を片手に暴れながら、目に留まったコメントに答えるカナ。

世間でも話題沸騰中のゲームというのも相まって、流れはとどまる所を知らない。

適度に答えながらサラリと戦闘をこなしていくカナだったが、ひとつのコメントがその流れを変えた。

『結局例の子ってどうなったん？』

「良くぞ聞いてくれたぁ!!」

「親友がいるって話は無限にしとると思うんやけどな。再三の交渉の末、遂に彼女も一緒にゲームやることに同意したんや!!」

バァンという効果音が聞こえてきそうなほどに、意気揚々と喋り始めるカナ。

その様子は、まるでもうひとつスイッチが入ったかのよう。

親友について饒舌に語るカナに、視聴者はまたいつものモノが始まったとあきれ果てる。

けれどなんだかんだで、彼らも心から楽しそうに話すカナを見たいわけで。

気付けば話題は、完全にそちらに移っていた。


『あんまりゲームとかしないんだっけ』

『いきなりＶＲＭＭＯとか大丈夫なんか』

『いきなりオンゲかー』

『今どきオンライン非対応の方が少ない定期』

「んーまぁ、たしかに最初は色々慣れなくて苦労するやろうけど。すぐに慣れるとおもうで。なんと言っても根本的にアタマええからなぁ。適応力が違う」

――そのぶん、変なところが抜けとったりするけどな。

そう付け足して、カナはにししと笑う。

全体的に高水準に纏まっているが、どちらかと言えば頭脳派。

しかし、たまにとんでもない天然を発揮するため中々予測を立てづらい。

それが、彼女にとっての親友の印象だった。

『どんなプレイスタイルで行くかとか決めてるんかな』

「今んとこはまだ聞いてへんで。ウチが火力全振りの後衛職をやることは分かりきってるから、多分それに合わせた感じにすると思うけど。なんでもええよーって言っても合わせに来てくれる人やから」

『なるほど』

『脳筋のカナに合わせる……』

『それ至難じゃん』

『草』

『バッファーかな？』

『魔法職に合わせるならタンク一択やろ』

『ワンチャン一緒に脳筋後衛説』

『そういう意味の合わせるねｗｗｗ』

「ＭＭＯのタンクは流石にムズいで。いや、ワンチャン……？　適応力高いからなぁ」

『考えること多いからね』

『耐えるだけじゃダメなのがなぁ』

『ヘイト管理ムズいって』

『まぁ普通の剣士とかでも前衛は張れるからね』

『それはそう』

「間違いないなー。ただ、あの子が剣士こなしてるの全く想像出来んのよなぁ……」

親友が最前衛で剣と盾を使い器用に立ち回っている姿を想像するも、なかなかしっくり来ないらしい。

頭を振って、カナは話を続ける。

「かといってオーソドックスなヒーラーやバッファーとして後ろで大人しくしてるかと言われると……何故かそれも違う気がするんよ」

『草』

『基本的なもの何も残らなくて草』

『やっぱ脳筋コンビか』

『なるほどな??』

「いやー、良い意味で予想裏切るような子やからなぁ。まぁ、順当に行けば無難にそつなく強くなっていくと思うんよな。当然ウチも手伝うし。ただ……」

彼女はそこで言葉を切った。

数瞬の間を置いて、意味ありげに微笑む。

「もしウチの親友の……ユキの天然が炸裂したら、その先はもうウチにも全く読めんことになる。それは間違いないな」

――わずか数日後、その認識の正しさを彼女らは突きつけられることになる。

◇◇◇◇◇◇◇◇

そして待ちに待った配信当日。

急用によりサービス開始直後のスタートダッシュは逃すことになってしまったが、当然その程度でカナのメンタルはへこたれない。

むしろ、どのように遅れを取り戻そうかと作業の合間に思考を巡らせていた。

MMOにおけるカナのスタイルは、かなりの効率派。

一番最初になりたい未来予定図だけ明確に決めてしまえば、あとは攻略サイトや掲示板も駆使して情報を集める。

その熱意はかなりのもの。

具体例を一つ挙げるとするならば。どこぞの聖女が近い将来暴れることとなる運営のお遊びスキルのことも、ある程度知っていた。

その可能性までしっかりと吟味したうえで、リスクが高すぎるとして取らなかったわけだが。

魔法使い系の中である程度仕様が判明していて、可能性を感じたものは彼女の中では一つ。

【DAITOSYOKAN】パッシブ技能で、あらゆる魔法の威力に大幅補正というものだ。移動にかなりのデバフがかかるという欠点こそあるものの、その威力上昇率は相当のもの。

では何故獲得しないかといえば、一つ明確な理由があった。

〝自身が七種類以上の属性魔法を所持している時〟この制限が、あまりにも厳しい。

多くの属性を持つことはそのぶん一属性あたりの習熟が遅くなることを示すし、そもそも序盤に七属性も揃えることそのものが至難の業。

開幕ダッシュとは遥か無縁のこととなってしまうため、カナにこれを取る選択肢はなかった。

閑話休題《それはさておき》。

今まではスキマ時間があれば自身のことだけ考えていれば良かったものだが、今日からは異なる。

〝親友の配信を見る〟これが、彼女の日課に追加されたからだ。

もちろん、全てをリアルタイムで見る訳では無い。むしろ、生で見られる機会の方が少ないだろう。

しかし、世の中には配信履歴《アーカイブ》というものがある。

カナはそれを、全て欠かさず見るつもりだった。

そして今日は、記念すべき初日の配信だ。どれだけ多忙だろうと、見ないという選択肢は無い。

アーカイブを再生。すぐに映し出された初々しい親友の様子に、思わず頬が緩む。

コメントとの対話も、不自然なところはない。せいぜい少し動きが硬いぐらいだが、それは時間が解決してくれることだろう。

思いのほか……いや、期待通りに様になる配信をしているユキが、少しばかり誇らしい。

そんな彼女の装備は、長剣と盾という非常にオーソドックスなものだった。

「なるほど、ユキは重戦士を選んだんか。まあ、一番無難なところやな」

後衛火力職の自分とあわせるならば、安牌。むしろド安定すぎて、本当にユキがそれを選んだのか疑いたくなるくらい。

「ほーん……ユキならもうちょい冒険するかなー思っとったけど、せんかったんか」

もちろん、手堅い組み合わせをとることに否やはない。

配信映えという意味でも、とにかく派手な自分とならばさしたる問題にもならないだろう。

ソロで配信するならば何らかの引き付ける要素が欲しいところだが、ユキがそこまでのめりこむとも思わない。


それにしても、ユキが無難な前衛戦士を選んだことで、自分たちの陣形は想像しやすくなった。

ユキが前でターゲットを受け持ち、そのわずかな隙に自身の炎で焼き尽くす。それが定番となるだろう。

ヘイトと体力の管理が、慣れないうちはハードかもしれないが……ユキのことだ。そう遠くないうちに、タンクとして遜色ない強さを身につけるはず。そうなれば……。

具体的になりつつあった妄想。

しかしそれは、不意に打ち砕かれることとなる。

「はあ⁉　何やそのステータス⁉」

それは、戦い方の話題になった時のことだった。

全く手の内を隠そうともしないユキの様子に眉根を寄せながらも、ああそれも親友らしいかと苦笑いを浮かべる。

もっとも、次の瞬間には目を見開くことになった訳だが。

「一点特化。それも、ＶＩＴ……」

このゲームにおいては、ありとあらゆるステータスが重要だ。細かいことには今更触れはしないが、それは確固たる事実。

確かに、一点特化には唯一無二の強みが存在する。それは、〝そのレベル帯でありえないほどの性能を、その一分野でのみ見込める〟こと。これは、シンプルに大きい。

単純な話、火力だけに振れば、噛み合い方次第では遥かに格上を打ち破ることだって可能になる。やられる前にレベル不相応の力で殴れば良いからだ。

当然、そんな夢よりもはるかに厳しい現実の数々が待ち受けているわけだけども。

……まあこの際、極振りであること自体については流そう。難易度こそ跳ね上がるものの可能性は無限であるし、何よりも自分自身が魔力特化の構成を考えているから。

だが、なによりも。

「ド初心者が極振り。しかも耐久って……」

当然だが、ただＨＰを上げれば死なるなるということはない。耐性、防御力、機動力などありとあらゆる要素が耐久性能に直結する。闇雲にＨＰだけ上げても、かえって弱くなる可能性すらあるのだ。

「いや、ユキのことや。考えそのものはあるんやろう。けどＶＩＴに全振りということは、ほぼ全ての攻撃手段を放棄することと同じや。下手なヒーラーよりも、攻撃面で何もできん。ということは、ヘイト管理すらもままならなくなる」

まさか、本当に何も考えていないのか。

「これは、今からでも……ん？」

楽し気なユキの様子に水を差したくないが——


そんなところまで考えが及んだ時だった。

尖り過ぎたステータスで見もしていなかった、ユキの技能欄。

そこに燦然と輝く、ＧＡＭＡＮの横文字に気づいた。

ようやく気付いた。

「なるほど……なるほどな⁉」

全てが繋がった。

過剰なほどにＨＰだけに注ぎ込んだ意味。重戦士というＨＰ補正の高い職業。自分と組んだ時に、ユキが必ず前に出ることになるだろうという大前提。

それらを繋ぎ得る唯一無二のピースが、【ＧＡＭＡＮ】だったわけだ。

根本的に、敵モンスターとプレイヤーではモンスター側のほうがＨＰはかなり高いという性質。

そのせいでβ時代はネタスキルにしかなりえず、早々に見切りを付けられていた。

しかし今、すべてをＨＰへと傾けることで、それは取り回しこそ悪いものの絶大な力を秘めた暴れ馬へと変貌を遂げようとしている。

ほかならぬ、親友の手によって。

「あっはっはっ！　これは斜め上突き抜けていったなぁ。そんじゃあ、お手並み拝見といくか！」

やはり、親友は期待を裏切らない。

友を見守る目から、同好の士の挑戦を見届ける目へと移り変わったカナ。

その瞳は、爛々と輝いていた。

あとがき

はいどうもみなさんこんにちはこんばんはおはようございます。ぷりんましゅまろジェットコースターが三種の神器、こまるんです。

……うん。微妙やね。掴みとして身内が使ってるモノをパクr……リスペクトしてみようと思ったんだけども、なんだかなぁという感じ。

ちなみに本家本元は「暴力殺戮ウーパールーパーが三種の神器」です。言葉選びのセンスが違う。

はいまぁそんなどうでも良い話はさておいて。後書きを書かせていただけるということで。

何よりも先に、いま手に取ってくださっている貴方様。本当にありがとうございます。後書きをまず読むタイプの読者様も存在するって分かっているから、内容については書けないんだけども。

既読の方は、少しだけ磨かれた文章と素晴らしき挿絵の数々にきっとご満足頂けたことなんじゃないかなと。未読の方も、楽しみにしてね。物語が面白い自信はあるし、挿絵ほんとに可愛いよ。

この本を作り上げるにあたって、一番苦労したのは番外編です。『読まなくとも問題がなく』けれど『読んでくれた人は満足でき』その上で『普段の一話分の二倍以上の文量』が最低ライン。

この三条件がほんっとに難しかった。マジで難しかった。

ストア特典のSSではカナユキのてぇてぇ？　なお話を書いたんですけども、あれ八～九割くらい実話です。私のTwitter等でご存知の方は、ニヤッと出来たんじゃないかな。

まぁともあれ、皆々様のおかげでこうして書籍の形として出すことが出来ました。幼稚園児が、『ぼく将来野球選手になる！』『総理大臣になる！』と言うのと同じくらい。私にとって大きな夢だった『作家』というもの。

後書きを考えている今でさえ、ふわふわとした感情が。いやでも、本当に叶ったんよなぁ……。

願わくば、二巻、そして三巻でも似たような言葉をつらつらと並べ立てられますように。

こまるんという名を見た際、お手に取っていただけるような物語を今後も作って行けるように。

色々と精進して参りたいと思います。

さて、最後になりますが。

ネット活動の大原点であり、色々と導きモチベーションにもなって下さったおみなえし大先生。

配信×ＭＭＯという発想の先駆者であり。連載当時から仲良く、そして書籍化打診の際に関しても相談にのってくださった箱入蛇猫大先輩。

色々と難しい発注だったのにも関わらず、理想以上のものを仕上げてくださったイラストレーターの福きつね大先生。

身内として、様々な相談に乗ったり背中を押したりとしてくれた居夜ヤミさん。

最後に、初めての書籍化として浮つく私に対し親身に色々と打合せくださった編集の梅津様をはじめとして、この書籍化に際して関わってくださった全ての方々へ。

この場を借りて、厚く御礼申し上げます。本当に、ありがとうございました。

それでは、長々と書いてしまいましたが。今後また、このような場で筆を持てましたら幸いです。

二〇二三年一月十日　こまるん

よーし、負けないぞー！
勃発!?
こまるん
illustrator 福きつね
「ライフで受けてライフで殴る」これぞ私の必勝法2
"Life de ukete Life de naguru" korezo watashi no hisshouhou.

勝負や！ユキ！
ユキVSカナ
親友対決、
激闘必至のバトルロワイヤル開幕！
砲台系少女のVRMMOファンタジー第二弾！
2023年発売予定！

広がる
新刊、続々発売決定!
コミックス 第二部
本のためなら
巫女になる! Ⅷ
漫画:鈴華
好評
発売中!
コミックス 第四部
貴族院の図書館を
救いたい! Ⅴ
漫画:勝木光
好評
発売中!
2023年
2/15
発売!
コミックス 第三部
領地に本を広げよう! Ⅵ
漫画:波野涼

「本好きの下剋上」世界！

Welcome to the world of "Honzuki"

アニメ	コミカライズ	原作小説
第１期 1～14話 好評配信中! BD&DVD 好評発売中! 	第一部 本がないなら作ればいい! 漫画:鈴華 ①～⑦巻 好評発売中! 	第一部 兵士の娘 Ⅰ～Ⅲ
第２期 15～26話 好評配信中! BD&DVD 好評発売中!  ©香月美夜・TOブックス／本好きの下剋上製作委員会	第二部 本のためなら巫女になる! 漫画:鈴華 ①～⑧巻 好評発売中!  コミカライズ原作「第二部Ⅲ」を連載中!	第二部 神殿の巫女見習い Ⅰ～Ⅳ
 第3期 27～36話 BD&DVD 好評発売中!! 続きは原作「第三部」へ 詳しくはアニメ公式HPへ＞booklove-anime.jp ©香月美夜・TOブックス／本好きの下剋上製作委員会2020	第三部 領地に本を広げよう! 漫画:波野涼 ①～⑤巻 好評発売中!  コミカライズ原作「第三部Ⅱ」を連載中!	第三部 領主の養女 Ⅰ～Ⅴ
	第四部 貴族院の図書館を救いたい! 漫画:勝木光 ①～⑤巻 好評発売中!  コミカライズ原作「第四部Ⅱ」を連載中!	第四部 貴族院の自称図書委員 Ⅰ～Ⅸ

原作小説

第五部 女神の化身
Ⅰ～Ⅹ 好評発売中!

著:香月美夜 イラスト:椎名優

貴族院外伝 一年生

短編集Ⅰ～Ⅱ

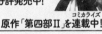

漫画配信サイト
CORONA EX
コロナEX
TObooks
OPEN!!
詳しくはこちら!
https://to-corona-ex.com/

TOブックス
コミカライズ
連載最新話が
読める!
月額400円(税込)で
全作品が読み放題!

『ライフで受けてライフで殴る』これぞ私の必勝法

2023年2月1日　第1刷発行

著　者　こまるん

発行者　本田武市

発行所　TOブックス
〒150-0002
東京都渋谷区渋谷三丁目1番1号　PMO渋谷Ⅱ　11階
TEL 0120-933-772（営業フリーダイヤル）
FAX 050-3156-0508

印刷・製本　中央精版印刷株式会社

ISBN978-4-86699-734-6